8
Welcome to the Classroom of the supreme principle of force
Kadokawa Fantastic Novels
歡迎來到實力至上主義的教室
衣笠彰梧
トモセシュンサク

桐山生叶
二年Ｂ班的學生，學生會副會長。敗給南雲而掉到了Ｂ班，但仍繼續待在學生會。

朝比奈薺
和南雲有交集的
二年Ａ班學生。
南雲雅
二年Ａ班的代表。雖
是新任的學生會長，
但行動和言行
都相當挑釁。

藪菜菜美
王美雨

C班與D班的交流
椎名日和
山下沙希

平田洋介
Hirata
Yousuke
高圓寺六助
Kouenji
Rokusuke
綾小路清隆
Ayanokouji
Kiyotaka

葛城康平
Katsuragi Kouhei
神崎隆二
Kanzaki Ryuuji
龍園翔
Ryuuen Kakeru

8

Welcome to
the Classroom of
the Supreme principle
of force

歡迎來到實力至上主義的教室

衣笠彰梧
KINUGASA SYOUGO
トモセシュンサク
TOMOSESHUNSAKU

8

歡迎來到實力至上主義的教室

Welcome to the Classroom of the supreme principle of force

Kadokawa Fantastic Novels

歡迎來到實力至上主義的教室 8

Welcome to the Classroom of the supreme principle of force

contents

彩頁、內文插畫／トモセシュンサク

堀北學的獨白

有件事情，別人聽了應該會覺得很意外。

那就是，我原本並不是為了達成什麼才選擇這所學校。

我漫不經心地以優秀的人當作目標一路走來，卻沒有決定終點站。

沒有把政治家、醫生、研究者，還是什麼當作目標。

不論是好是壞，我都走過了避免把事情鬧大的人生。

淡然地完成別人準備的課題度日。

作為「範本」。

作為「模範」。

深信那樣才是正確的。

然而，南雲雅就像是要正面對抗那樣的我，接連發起了行動。

所謂開拓某些事物的人，說不定就是在指這種男人吧。

事實上，我到畢業之前都放棄展開行動。

我故意不結交可以打從心底信賴的朋友。

我之前都還沒有理解到。經過三年的時間，才總算發現到——

發現到自己的「錯誤」，還有那將會通往「後悔」。

以及，那就是「開端」的這件事——

新的特別考試——混合合宿——

第三學期開始沒多久的星期四早晨，幾輛巴士連成長長一列，奔馳在高速公路上。巴士裡不只是一年級生，二年級生與三年級生也都搭了上去。總之，這是全體學生的大規模移動。在我們一年C班全班搭乘的巴士也剛好進入隧道之後，耳朵就襲來了一股有點塞住的感覺。這是我們入學這間學校後，第二次搭巴士移動。我們完全沒被說明接下來要前往何方，以及要做什麼事情。現階段知道的，就只有所有人都被指示穿上運動服，還有出發前被強烈建議準備數件備用運動服或替換用內衣褲。不過，至少這應該不可能會是趟旅行。

好像也因為移動時間是大約三小時的這種比較長途的車程，學生們都在允許範圍內攜帶了各自喜愛的物品。手機當然就不用說，還有書籍或撲克牌、零嘴或果汁。其中好像也有學生攜帶了遊戲機。

巴士座位按照名字順序分配，我隔壁坐的是「池寬治」。剛入學那時，我曾以為自己跟他還算要好，但回過神來，我就把他定位在「普通同學」，最近交集的機會急遽減少。

現在，他也不是和坐在隔壁的我，而是跪在座位上回頭跟座位離很遠的須藤或山內他們大聲聊天。偶爾也會聽見女生提醒他們講話聲很吵，但完全不見他們放在心上。車內滿吵的，我也可以理解他們會不客氣地大聲喧譁。雖有點寂寞，但這也沒辦法。不幸中的大幸，就是我透過考試也順利地和啟誠、明人這些學生要好了起來。

巴士裡一片和樂融融，但我們都深知這不會是趟單純的遠足。

如果是在寒假期間，說不定我們還可以不用捨去這只是休閒的願望，但現在已經拉開第三學期的序幕。

那麼一來，先假設會是無人島時的那種特別考試，萬一真是如此時，才能維持心境的平穩。

不過，池他們當然也不是沒有成長吧。大概。

茶柱好像很感興趣地看著這些恣意胡鬧的學生們。

她只是站在我座位旁、司機座位附近，目不轉睛地盯著學生看。

萬一眼神對上會很麻煩，所以我決定往窗外看。

這條隧道還真長。進入隧道後已經行駛兩三分鐘左右了。

想著想著，我就感覺到視野慢慢亮起。

我們出了隧道。茶柱就像在等待這個時機似的開始動作。

耳裡的疼痛感同時加劇。

「抱歉，在你們興頭上打擾，但請安靜下來。」

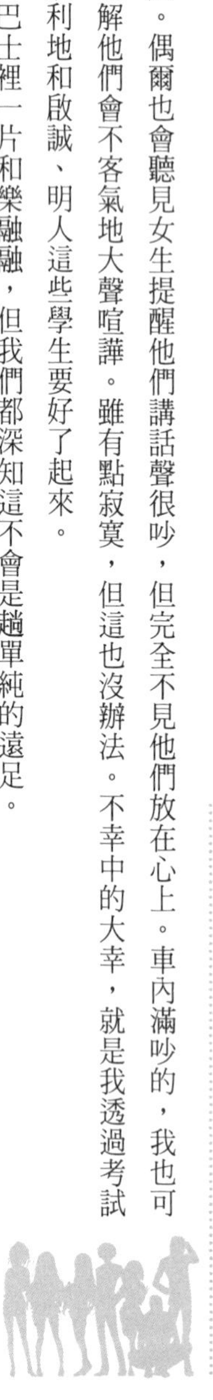

茶柱拿著手拿式麥克風，對同學們這麼搭話。

「我覺得你們也差不多會想知道，這輛巴士將前往哪裡，以及接下來要做什麼事情了呢。」

「那當然讓人好奇。不會又是無人島吧？」

被池吐嘈，於是茶柱這麼回答：

「看來無人島上的事件，好像給你們深植了難忘的回憶，但你們大可放心。那種規模的大型特別考試不會舉行得那麼頻繁。意思就是說，我們不會殘忍到去強迫才剛結束夏天考試的你們。然而，就跟你們已經推測到的一樣，接下來將舉行新的特別考試。這跟無人島相比，生活本身極為簡單。」

話雖如此，那實在也教人難以相信。從一般學生來看，除了無人島之外，至今為止都舉行著題目很困難的特別考試。最重要的是，因為學生不得不面對應該會潛藏在其中的退學陷阱並且戰鬥。

「接下來要請你們D班學生進行的特別考試是──」

說到那裡，茶柱的話就停了下來。

那瞬間，同學們都露出有點自豪的笑容。

隨後，茶柱表示敬意般地低頭謝罪。

「抱歉。你們已經是『C班』學生了呢。那麼，我要重新向班級成功晉升的你們說明特別考試的概要。」

熬過好幾場特別考試，正式在第三學期晉升C班的學生們，好像都很努力冷靜地接受現狀。在巴士中說明特別考試的概要，意思就是說可以先在這個時間點定下一定的對策，或是有制定的機會。因為車輛正在移動中，所以不允許貿然離席，但巴士裡聲音可以傳遞給所有人，使用手機的話也可以只和特定人物對話。

總會大聲吵嚷的池等人，也立刻傾聽茶柱說話。

光是這樣，也可以看出他們有一點點成長。

「接下來會把你們帶到某座山裡的林間學校。恐怕不到一小時就會抵達目的地了吧。分給說明的時間越短，給你們的『緩衝時間』也就會越長。」

也就是說，距離特別考試開始，大約是一小時嗎？

假如聽完說明要花掉二十分鐘，就會剩下四十分鐘能擬定特別考試的作戰。那就是「緩衝時間」這種表達的意思了吧。

「林間學校不是通常會在夏天舉行嗎？」

現在從高速公路可以看見的山岳地帶仍積著白雪。原本就有參加童子軍，對山上有了解的池拋出了疑問。

「你就不能先乖乖聽人講話嗎？我才剛說到緩衝時間的事吧。」

與其說是生氣，茶柱有點愉快地說著。池搔搔頭說了對不起。

掀起了一陣輕輕的笑聲。

林間學校——我聽不慣那個字眼，用手機調查了實際狀況。

「主要會挑選在正值夏季、天候良好的日子，在山上等綠意盎然之處舉行。以促進學生健康為目的的團體行動。亦指其教育設施。」

原來如此。好像就跟池說的一樣，多半會在夏季舉行。

話雖如此，也未必就得在那個時期舉辦。

「在平時校園生活中和高年級生接觸的機會……尤其沒參加社團的學生，應該很少接觸吧，但這次的林間學校，將舉行八天七夜的跨年級團體行動。是那種更勝於體育祭的活動。學校要舉行的特別考試叫做『混合合宿』。因為只有口頭說明大概會讓你們不放心，所以我接下來會把資料發下去。」

茶柱自己走出來，把一疊資料遞給了座位的排頭。我拿起一冊，把剩下的往後傳。資料比較厚，多達二十頁。因為沒特別指示不能先看，所以我就嘩啦嘩啦地試著翻了頁。資料上也確實放上了感覺是合宿地點的照片。

上面也有刊載學生們要住宿的房間，或大澡堂、學生餐廳等等資訊。

如果只是看了這些的話，該說是感覺很好玩嗎？讓人有種像在看旅行指南的心情……但各個重要地方都會出現特別考試的用詞，令人心情很沉重，這作為事實也無可避免。雖然說是特別考試，但加上口頭說明，這疊紙也很有厚度。考慮到不久前舉辦的Paper Shuffle只有口頭說明，這次考試的方向性算是有點麻煩。

不久，資料好像已傳到所有人手上。

茶柱確認完這點，就再次說起話：

「要先讀是你們的自由，我要開始做混合合宿的說明了。資料會在下巴士之前回收，所以請確實掌握規則。我會在最後接受提問，請安靜聽取說明。懂了嗎？」

說完，茶柱便再次看了池。池點了兩三下頭，然後閉上了嘴。

「這次的特別考試，是以精神層面成長為主要目的的合宿。為此，你們將會以在社會上存活下去的基礎為首，確認自己能否跟平時沒交集的人順利構築關係，並且各別學習那點。」

那就會連結到和高年級生團體行動的理由了嗎？茶柱剛才也說過，雖然有參加社團的學生們會產生與高年級或低年級生之間的關係，但那大致上也只限於社團的範圍之內。

此外也有不少學生和高年生毫無交集。

原本應該不是藉由考試或社團，而是會希望學生自主性交流吧，但現實不會那麼簡單。不

過，學校具體上打算讓我們怎麼和高年級學生有交流呢？只要接觸的必要性不怎麼高，學生之間就不會像體育祭時那樣拉近彼此的距離吧。

不過，為了不讓學生這麼做，所以才會打著「合宿」的名號往山裡移動吧……

總之，如果特別考試沒有被好好地規則化，就很容易出現破綻。一年級生、二年級生在肉體、精神上都有巨大的成長差距。對十幾歲的人來說的一年的差距非常大。對等的比賽實在不可能實現。

「首先，抵達目的地後，學校會請你們照男女分開。整個年級進行討論後，再請你們組成六個小組。」

「按照男女，各別六組……」

我隔壁的池為了記下來，而低語似的說給自己聽。說明才剛開始而已，茶柱沒有停歇，並繼續說下去：

「一個小組的人數有規定下限及上限。請先確實過目手邊資料第五頁寫的人數情形。」

學生們同時看著資料的第五頁。那裡好像寫著合宿小組的規則。

「要構成一個小組，人數上有規定下限及上限。人數是以年級與男女分開後的總人數算出。假設同年級的男學生有六十人以上，即為八人到十三人。七十人以上，即為九人到十四人。八十人以上，即為十人到十五人。此為一組人數的下限及上限。然而，不到六十人時，則需參照其他方式。」

上面這麼寫著。如果一個班級的學生人數與男女比例，每個年級中都沒有差異，基本上一個班級就是四十人，男女比例五比五，所以一年級的男生人數總計會是八十人。

十到十五人組成一組，共計將分成六組。會提到學生總人數，意思應該就是視全年級的退學人數不同，所需人數會出現變化。

「我想你們都已經知道，按照男女組成六組，就代表著要在混入別班學生的情況下成立小組。然後，在林間學校的期間，必須以小組形式度過特別考試。意思就是你們要同舟共濟。」

「和別班的人一起建立小組也太亂來了。他們不是敵人嗎？」

池好像無法安靜聽人說話，他用茶柱也聽得見的音量這麼碎念。

不過，他好像馬上就想到了好主意，頭上亮起燈泡似的說：

「對喔，好像可以不用放在心上嗎？只要我們C班建立兩組就可以了。對吧，綾小路？」

池輕聲地問我。這確實是C班成立兩個下限十人的小組就會解決的問題。不過，可惜池的這種好主意是行不通的。

「你說得對，但事情不會那麼單純。只用一個班級構成小組，在『規則上』是不被允許的。

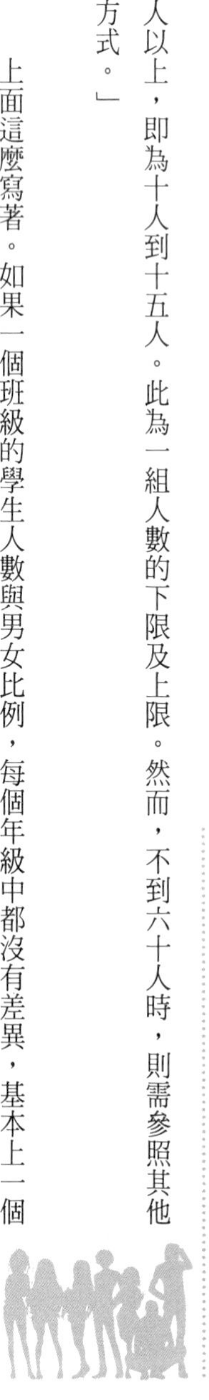

只要小組在人數範圍內，你們要和哪一班的哪個人組隊都是自由的，但最少也要混合兩個班級以上。最重要的是，小組的構成必須透過討論達到全場一致、無反對者。」

茶柱說的這些話，都確實地寫在人數分法的項目底下。

「條件是組內最低必須存在兩個班級以上的學生。」

「意思就是要強制性跟敵人合作考試？」

雖算不上是疑問，但池脫口說出了這句話。

茶柱對此有點傻眼地回應：

「就是那樣。當然，在最大限度上只用自己班級的學生構成小組，也並非不可能吧。因為只要加入一名別班的學生就會成立了呢。」

主要就是成立兩個下限十人的小組，其中每一組以九個C班學生組成。這麼一來就會完成「幾乎都是C班」的組別了。

然而。我不認為那種小組會在討論上受到全年級學生的認可。會願意欣然加入全都由別班同學組成的小組，應該會是少數學生吧。

人數多比較好、人數少比較好，還是都沒差呢？

如果這是會因為人數差異，而產生有利、不利情況的考試，人數少的小組就有風險。不過，既然看不見考試的條件，就無法對人數上的優劣做出判斷。是吉是凶，應該要取決於這場考試的本質。

「小組人數多比較好，還是人數少比較好。那會對我接著要說明的『結果』項目帶來重大影響。」

說完，茶柱就輕輕一笑。

因為所有人的思緒都朝著一定的方向前進，所以應該很容易理解吧。

「可以請您繼續說明規則嗎？雖然我也很好奇結果，但還是也想先知道小組會一起做些什麼。」

感受到氣氛不安穩的平田這樣說，催促茶柱繼續說下去。

「是啊。每次都要回應池的疑問，說明好像會完全進行不下去。」

池不好意思地搔了搔頭。

「小組會像是只在林間學校期間才有的臨時班級。不過，雖然說是臨時，但教學內容也會讓你們密切相處。以組員們一起上課為始，從煮飯、洗衣服、洗澡到就寢，你們將會共度各種日常生活。」

知道洗澡和就寢處都要在一起，男女生都發出了慘叫。

「我不覺得自己可以和別班的傢伙一起生活——……」

我也理解池會想這樣發牢騷的心情。雖然我們在體育祭上才第一次和別班有合作關係，但那也只是比賽中暫時的關係。實在沒辦法說是有同甘共苦。

但事到如今，我們也總算要進入跨越班級隔閡的考試了。

視情況而定，或許還可以完成摻雜四個班級的小組。

「關於學校會如何要求特別考試的結果，那將以林間學校最後一天舉行的綜合考試來決定。粗略的考試內容，就記載在資料的第七頁。你們先讀一遍。」

被這麼一說，全班當然都同時做了確認。

「道德」、「精神鍛鍊」、「規律」、「自主性」。

上面列著平時學校裡幾乎不會學到的項目。

應該想成簡言之是跟英文或數學那種學力性質很不一樣的考試。

棘手的是，這種考試裡大概不會有「明確的答案」。資料上寫著關於各個選項的內容，但每一樣都很抽象。

完全沒有具體提及會舉行什麼考試。

我進一步看著舉例寫出的行程表。

起床後完成晨間課題，接著在道場打坐、進行作務（打掃等等）、享用早餐，並在教室裡學習各種知識。接著是吃午餐，接受下午的課題，然後再次打坐。晚餐與洗澡後就寢。與目前為止的生活截然不同。順帶一提，星期六和平時的休假不一樣，只有上午要上課。假日好像就只有星期天。

「關於更詳細的行程表，到了林間學校之後就會公布。最後一天會以什麼順序進行怎樣的特別考試，現階段我都沒辦法告訴你們。」

意思就是，我們在特別考試中只能臨機應變。說不定「打坐」這項目也會放到考試中。先想成每個姿勢或動作都會反映到考試上會比較好。另外，就充滿著不平穩氛圍的內容來說，上面也出現了「演講」或「製作」這種單字。

「決定組員極為重要。六個小組都必須齊心熬過一個星期的合宿。不論有什麼理由，都不能中途脫離小組以及更換成員。如果學生因為生病或受傷而脫隊，你們要填補那個空缺，就必須當作『組內仍存在著那名學生』來做出應對。」

總之，意思就是說，夥伴失和或者敵對，就會走不下去了嗎？成立小組上，好像會越來越朝著排除別班的方向走。

林間學校的正式課程，好像會從明天星期五早上開始上到隔週的星期三。然後第八天的星期

四，所有年級將同時進行考試、計分。

「一年級中創完六個小組後，會和同時成立小組的二年級、三年級生會合。總之，也就是最後會完成一年級生到三年級生加起來大約三十人到四十五人構成的六個大組。」

在同年級裡成立小組原本就很難的狀況下，還要進一步加上其他年級。

被告知這事實後，車裡就籠罩著一股異樣的氣氛。

「簡單來說，把同年級成立的組別想成是小組，全年級成立的組別想成是大組，應該就可以了吧。」

同年級成立的六組，每一個都是「小組」。

小組會跟二年級、三年級的組別會合，最終形成六個「大組」。

「關鍵的結果，將以分成六大組的全體成員考試『平均分數』做出評價。也就是說，其他年級的好壞也會有很大的影響。」

總之，學校會從四十人左右構成的大組所有人中算出平均分數。

讓人在意的是人數差距。若是平均分數，就不容易產生不公平，不過視小組聚集方式不同，形成大組時大概會產生相當大的人數差距。

最重要的是「大組的成立方式」。

如果這是只比學力的考試，只聚集優秀學生的大組很明顯會贏。反過來說，被判斷為不優秀的學生，就勢必會受到上段小組的排斥，組成下段小組。

然而，這次的特別考試，並不是只聚集高學力學生就可以贏。

「我算是在一定程度上把概要告訴你們了吧。所以，我最後要說明最重要的事情。那就是這次特別考試的結果將帶來的東西。」

要得到什麼，就會有失去什麼的風險嗎？

另外，不以班級為單位，而以組別為單位的意義，是不是就藏在這裡了呢。

「平均分數第一名到第三名的大組，學校會支付全體學生個人點數，同時予以班級點數。第四名到最後一名的大組，你們當作是會扣分就行了。」

關於結果的詳情，當然也有放在資料上。

「基本報酬」。

第一名・個人點數一萬點。班級點數三點。

第二名・個人點數五千點。班級點數一點。

第三名・個人點數三千點。

以上報酬，將分配給每一個學生。

意思就是說，假如十人這種人少的小組中，有九個人都同班，拿下第一名就會獲得二十七點。雖然這完全是理想論，但盡量集中同班同學拿下第一名會是最好的。然而，人數越多的話，輸掉時的損傷也會越重。而且增加越多人數，要統籌小組就會變得更加困難。

順帶一提，讓人擔心的負面要素比加分還重了點。

第四名・個人點數五千點。
第五名・個人點數一萬點。班級點數三點。
第六名・個人點數兩萬點。班級點數五點。

以上是每個人將失去的點數。

個人點數、班級點數似乎都不會變成零以下，但好像會留下來當作累積赤字，機制上是今後在考試上獲得報酬時要被詳細計算。

這可說是至今不曾有過的要素吧。

雖然第一名到第三名的成功報酬感覺很少，但其中似乎有著很大的機關。報酬項目裡有一段這樣的文字。茶柱搶先唸起了那些內容。

「考試有報酬倍率按照小組中班級數量倍增的機制。構成小組的總人數多的話，之後倍率更會增加。這些會適用在第一名到第三名的規則，不適用於第四名以下的扣分情形，所以你們就放心吧。」

假如構成小組的學生班級數是兩班，第一名到第三名的報酬就會維持在剛才看見的那樣，但如果是三個班級構成，兩種分數都會變成兩倍。如果四個班級構成，就會提昇到三倍。甚至總人數上的倍率好像都會有變化，十人會是一倍，十五人會是最高的一點五倍。雖然這是特例，但假如完成九人構成的小組，就會變成零點九倍。

第一名在計算上的最高報酬，是學生由四個班級構成的報酬三倍，乘上小組最高人數十五人的一點五倍，算起來每人可獲得高達四萬五千點的個人點數，以及十四點的班級點數（小數點以下四捨五入）。

截至目前都是特別考試的美好部分，雖然棘手，但也很有意思。

但重要的可以說是在後頭吧。

「接著——最後一名的大組，將有重大的懲罰。」

「懲罰？……該不會……」

「沒錯。就是『退學』。」

懲罰的部分暴露出來了，但大家已經開始對懲罰本身不太驚訝。

「話雖如此，也不是要把最後一名大組的所有人都退學。因為要是做出那種事的話，就會一口氣有四十名左右的學生退學了。至於會不會退學，標準是只限小組平均分數低於校方準備的平均分數門檻。」

雖然構造有點麻煩，但綜合名次是以大組平均分數為基礎算出。不過在決定退學時，小組的平均分數就會成為參考。

「低於及格標準時，小組的『負責人』就要退學。」

「那名負責人會怎麼決定呢？」

「會請你們先在小組內討論，選出負責人。只會是那樣。」

「那種職位說不定會被退學，誰會自願當負責人啊。」

會有多少學生積極提出讓自己來擔任呢。

「那也會有龐大的好處。機制是與負責人同班的學生，報酬會變成兩倍。」

「……兩倍嗎？」

至今為止都沒出聲的堀北吃驚地嘟噥著。

「沒錯。這次特別考試的最高報酬，就是在小組裡集中十二名C班學生。而剩下的三個人，從A、B、D班各拉一個人進來。再加上，假如讓C班的某個人當負責人並且能夠拿下第一名的話……」

「這、這會變得怎麼樣呢？」

無法計算的山內興奮地用鼻子吐氣。

「就會獲得個人點數一百零八萬，班級點數三百三十六點。」

「三、三百三十六！」

要是變成那樣的話，班級就會一口氣大幅替換。

雖然也是要看其他組的點數，但要在這場考試升上A班也不是不可能。

背負的風險越高，拿得到的報酬就越破格。

而且，獲得最高報酬的機率絕對不算低。

「負責人會請你們在小組決定後，於該組進行討論，並在明天早上之前做好決定。假如組內無法決定負責人，該小組就會立即失去考試資格。也就是會強制所有人都退學吧。當然，過去不曾有過不能決定負責人而退學的愚蠢小組就是了。」

意思就是說，那不會是由校方決定，完全要由學生之間自己決定嗎？

當然，決定負責人會起糾紛吧。不過，要是最後沒有候選人，也只能靠抽籤或猜拳之類的方式決定了。想到所有人都會退學，這點就是必然的。

但在無法好好統籌意見並發展成那樣的時間點，小組的團結力就已經極有可能令人不安了。

「另外，如果負責人要被退學的話，負責人可以命令小組裡的一個人退學，當作連帶責任。也可以說成是拉人陪葬。」

「啥、啥！那是怎樣呀，真亂來！意思就是隨便給一個人當負責人，那個人就可以打垮別班的領袖級人物嗎！」

我不覺得那種事會輕易地成立。既然要當上負責人，當然就會受到一定的挑選、選拔。不會把感覺就是砲灰的學生輕易選作負責人吧。要是允許那種不謹慎的事，也已經算是小組的責任了。

說起來，根本就沒有學生會為了夥伴犧牲自己拉下別班的一個學生陪葬。如果存在著萬年都被關在D班，打算明天就退學的學生，事情就另當別論了，但如果有學生不想讀了，那種消息感覺就會傳開來。

「放心吧。當然不會隨便要別人負起連帶責任。只有被校方認可該名學生是導致成績低於門檻的原因『之一』，才可以把那名學生當作那種對象。意思就是說，只要不故意考不及格或抵制考試，就不會有問題發生。」

那樣的話，負責人和組員就確實可以說是受到保護。

但這次考試，我實在不禁對這個「負責人」的存在感到疑問。

這和目前為止的特別考試截然不同。

值得思考的，是這場特別考試的課題是全年級共通的這點。

以及，現在同一時刻，別輛巴士也正在接受同樣的說明。

必須預想此時此刻正充滿著各式各樣的戰略。

不只是一年級，二年級和三年級都各自展開了戰鬥。

我為了解決腦中浮現的疑問，先傳了一則訊息給某個男人。

因為我想知道這場特別考試的背後，「學生會」是否摻了一腳。

「還有另一件重要的事情，出現退學者的班級將受到相應的懲罰。懲罰內容一向會因為考試而改變，但如果這次特別考試中有退學者出現，每一個人會讓班級點數減少一百點。如果班級點數不足，則會在之後加分的時間點仔細計算。直到計算完為止，當然一直都會維持在零。」

能得到的效果有多大，就如我剛才說的那樣。可是，虧損也是一筆很可觀的扣分。

這次考試的關鍵之一，就是只要當上負責人，能得到的點數會變成兩倍的這點，但另一方面也會抱著退學的這種風險。只要沒被分配到自己有信心認為沒問題的小組，應該就不會有人自願吧。

但我們不能眼睜睜地把這種好機會交給別班。

況且也會有連帶責任。考試還真是施行著如死路一般的規則呢。

「以上說明結束。有疑問的話，就給你們問吧。」

平田馬上就舉起了手。

「如果出現退學者……請問有補救方式嗎？」

「退學就是退學，哪會有什麼辦法。」

須藤拋出了這種話，但平田予以否定。

「應該不會那樣。實際上，須藤同學就曾經被茶柱老師說過得退學。但就像你因為堀北同學的機智而得救那樣，如果沒留下什麼辦法的話，那就奇怪了。」

平田這種猜測是正確的。茶柱露出笑容回答他：

「答對了。作為留下來的最終手段，你們也是可以使用個人點數購買『取消退學』，但代價當然很昂貴喔。取消退學……總之，原則上『救助』不論是什麼年級，學校一律都會做出要求。對於一個受到救助的人，學校會要求個人點數兩千萬點。也必須額外支付班級點數三百點。這只是救助措施，退學時該受到的懲罰不會消失。當然，如果要付的點數有任何一方不足，就不可能執行。」

救助需要龐大的個人點數，實在不是我們付得起的金額。只論這次的考試，實質上為了救助同學，班級點數最少也需要「四百」點。

受到退學處分的學生，大概不會被救助吧。

因為為了拯救一個人，整個班級都要扛下巨額的損害。

「您說的那個兩千萬點，是可以靠全班來補足的，對吧？」

但平田不怠於思考、確認著可能會行使那種救助方式的未來。

「是呀。但這和手頭上沒什麼點數的你們來說，應該是件無緣的事情吧。」

茶柱闔上資料。

「到目的地為止沒剩下多少時間了，要怎麼使用這段時間就隨你們高興。資料在抵達後會收回。然後，這個星期禁止使用手機。待會兒我會回收。另外，個別攜帶的日常用品或玩具，基本上都是自由的，但是沒辦法攜帶食品。像是生食等無法長期保存的東西，就要請你們放入垃圾袋並在下車時扔掉，或是在抵達前吃掉。以上。」

在特別考試的說明上沒做出什麼反應的學生們，因為這席話而再次發出慘叫。雖然在無人島上就已經體驗過了，但手機要沒收一個星期，也是件相當難受的事情吧。

「我也有疑問！」

精力充沛地舉起手的是池。茶柱也露出苦笑。

「雖然男女是各別分開，但具體來說，我們是會分得多開呢？」

「林間學校有兩棟校舍。本棟由男生使用，另一棟分棟由女生使用。兩棟建築物就在隔壁，不過基本上一週期間都要分開生活。休息時間或放學後，未經允許也禁止外出。」

「意思就是說，連說話都沒辦法嗎？」

「不，男女一天只會有一個小時同時待在本校的學生餐廳裡用餐。校方只有那時不會做出指示。總之，也就是說可以隨你們高興。懂了嗎？」

「好耶！」

能和女生說話就那麼開心嗎？池很高興。

我不經意地稍微起身，試著往相較起來坐得很近的篠原那邊看了過去。

於是，就看見她儘管有點傻眼，卻也因為池說的話而看起來有些高興。

或許他們聖誕節時一起吃飯那次進展得很順利。

「如果沒有其他疑問的話，那就結束嘍。」

茶柱好像判斷只會出現無聊的疑問，而立刻結束說明。

「老師，請問麥克風可以借我嗎？」

是平田叫住打算結束話題的茶柱。

「當然。隨你高興。」

茶柱這麼說完，就放下麥克風，坐回了座位上。平田交替似的慢慢走到前面，拿起了那支麥克風。

「據老師所說的，好像沒那麼多時間了，但我想暫且聽聽大家的意見。想想如何熬過這次考試、該以什麼分組方式為目標。」

「不是最好盡量集中同學嗎？精挑細選組成一個十二人的小組，之後再從別班各加一人進來就完美了。」

須藤拋話給平田。

「理想上是這樣，可是別班會有三個學生願意併到我們組成的十二人小組嗎？他們當然會很提防。」

這很明顯是盯準勝利的小組。我不覺得各班學生剛好會各有一人願意加入我們。再說，那個小組無法拿下第一名時的損害應該也很龐大吧。

「可是啊——如果聰明的人組成一組，我們不就沒勝算了嗎？」

山內這麼表示。他好像還沒理解這次不是比學力。

「我們也會想要可以得到個人點數的機會呢——」

山內這番抱怨也是可以理解的。以前在船上考試時，這也曾變成話題。雖然得到前面名次的大組可以獲得個人點數，但下面名次的學生都沒有甜頭。何止如此，甚至會失去個人點數。

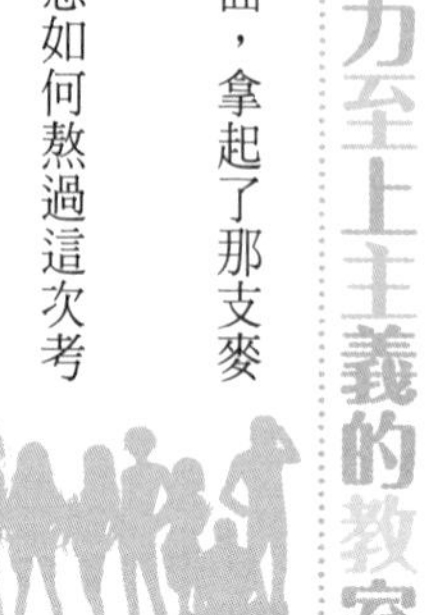

這麼一來，大部分學生當然都會希望自己被分配到可以搭順風車的大組。

「關於那件事，如果可以得到各位的同意，我想採取平均分配的方式。我們也不知道哪個大組的名次會在前面。考試結束後，如果確認班上整體的個人點數是增加的，之後就在班上精準地平分。轉讓點數是受到允許的，所以應該是沒有問題。」

出現扣分的話，也只要所有人互相負擔，風險就會下降。

「哦——這樣啊，原來還有那招呀。」

優秀的學生們當然容易產生不滿，但若是這場特別考試，就比較能得到他們的同意。

因為，目前還不太清楚什麼才是決定勝負的方式。

「呵呵……」

聽著平田這番提議的茶柱，就這樣背對著我們笑著。

「因為你們到現在都沒有發問，所以我無法回答，不過，我就給你們一個好建議當作晉升C班的回報吧。」

「建議……是嗎？」

平田表現出戒心，沒坦率接受那個回報。

「規則上沒有受限時，轉讓個人點數確實是自由的。不管在考試中也好，日常生活中也罷，只要在沒有違法的範圍內，隨意轉移都沒問題。不過，個人點數和純粹的零用錢不一樣。你們就先理解這點吧。」

「您是指那項透過存下兩千萬點就可以移動到喜歡的班級的權利嗎？還是指救助同學？」

「不是。個人點數有各式各樣的用途。我的意思是，即使是一點，擁有越多點數，也是有可能讓自己在陷入困境時得救。未必只有感情融洽地分攤、互相扶持才是正確的喔。例如，就假設池犯下失誤，陷入不趕快支付一百萬點就會退學的情況吧。但如果學校不接受轉讓，要是他在那個時間、那個瞬間沒有個人點數一百萬就會退學——如果情況變成這樣又如何呢？盡是一直採取均分戰略，也有可能變成無可挽回的結果。」

池被點名舉成例子，他在我隔壁吞口水的聲音傳了過來。

「而且，不保證到時其他學生就一定願意救助。因為接著陷入絕境的說不定就是自己。只有自己才能保護自己。」

茶柱就像在說平均分攤的作戰會是失策一般給了我們建議。

或許這是個可貴的建言，但這樣要統整班級就會變得很困難。

「努力的人就會得到成功的報酬。這在社會上理所當然。出社會之後，夥伴之間會分攤薪水或獎金的奇特傢伙是少之又少的案例吧。」

「知道這件事之後，要怎麼做都是你們的自由。」茶柱這麼笑道。

茶柱說的恐怕是正確的。

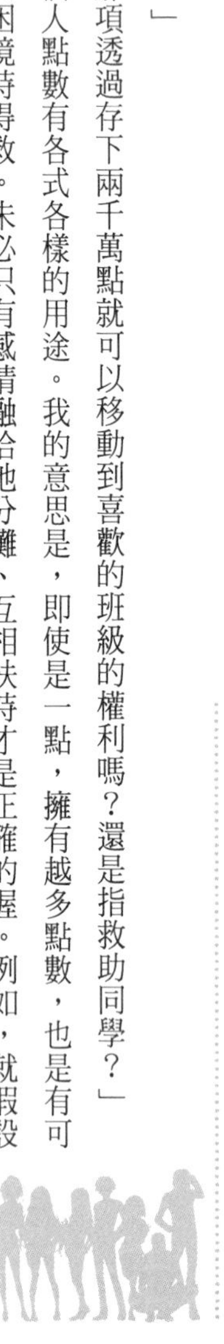

我不認為這間學校的老師會做出以非實例煽動學生的行為。

因為老師每天都會徹底遵照指南說話。

然而，這段話是有內情的。

應該確實存在著個人持有的點數發揮功效的實際案例吧。

但反過來講，也是有因為同班同學持有大量點數而獲救的情況。

那是因為，以前我和堀北體驗過以旁人立場替快被退學的須藤籌到個人點數，並受到學校認可的先例。

到頭來，先讓大家平均擁有點數也可以通往防止不測事態的對策。因為讓個人擁有鉅款也有花太多錢的風險，就連背叛班級都是有可能的。

茶柱對自己的班級說出了擾亂般的話。

當然，雖然我也無法全然否定那就是學校方針的可能性……

「我們做一次多數表決吧。不會就這樣決定下來。聽完剛才那些話，我希望大家把自己的想法告訴我。認為今後這種特別考試的報酬平均分攤比較好的人，可以請你們舉起手嗎？當然，以後要改變主意也沒關係。」

平田自己舉起手，成為最初的一人。

大部分學生都很苦惱，只零星舉起了幾隻手。

要。

儘管作為一個班級，團結互助是很重要，但預先準備緊急時刻不受罰的保險手段也極為重要。

感覺大部分學生都只維持在幾萬到幾十萬的個人點數。這麼一來，應該也有很多學生會希望藉由成為第一名，擁有不論發生什麼都能應對，並且維持在安全範圍內的點數。

對自己越沒信心的學生，就會越希望平均分攤。雖然比想像中更多，但最後舉手的人數不到班上的一半。

「謝謝。」

結果，班上大多都不希望均分點數。但這下子均分派的平田也變得無法那麼輕易把局勢推往那個方向了吧。

「這算是多餘的建議嗎，平田？」

「不，我很感謝您。現階段知道那點，對我們來說也是很寶貴的資訊。」

手機震了一下。我心想是那傢伙的回覆，於是就從口袋裡掏出手機，結果那卻是堀北「妹妹」傳來的訊息。很擺明的，內容有關這場特別考試。

『你有什麼想法嗎？』

這句話實在很像是在把自己的事情推卸給別人。

『什麼也沒有。』

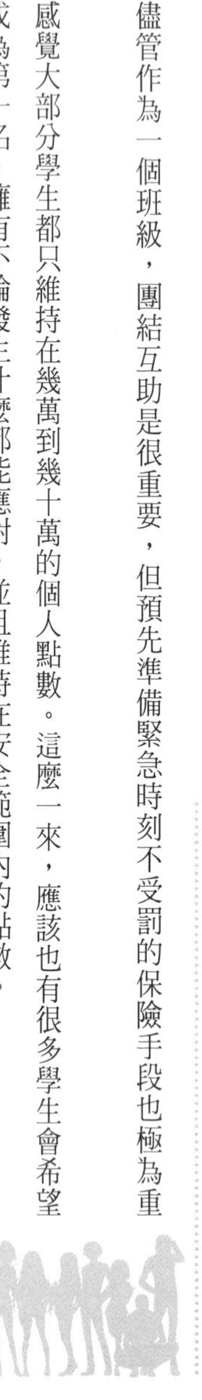

我只有那樣回。不過，我馬上就改變主意，決定再傳一句話：

『這次的考試是男女分開。我幫不上任何忙，加油吧。』

我只有幫她加油而已。就堀北的立場，她應該會有很多話想對我說吧，但她在這種場面上也不能那麼做。我立刻結束和堀北的對話，確認另一個正在進行中的群組。是綾小路組（雖然自己講有點怪）那邊的群組。

啟誠、明人，加上愛里、波瑠加都各個隨心聊著這場考試的話題。

雖然已經讀過，但我沒有特別留言，就關閉了對話框。接著，傾聽平田等人的對話。

「就算想訂出作戰，時間也不夠。再說，如果男女生要在不同的地點組成小組，要給建議也很難吧。」

「怎麼這樣……」

從女生看來，她們就會變得無法求助於不論何時總是值得依靠，並且一路帶領班級的男人平田，也難怪會充滿不安。

「既然會變成我們男生幫不上忙的狀況，我覺得就該先從女生之中決定一名明確的領袖。可以請妳接下嗎，堀北同學？」

平田在接受這場考試的說明時就在思考這件事了吧。

一名少女——堀北，雀屏中選。

當然，因為這個班上能勝任那份職責的，就只有堀北了吧。

「好。如果有什麼煩惱，都可以隨時找我商量。」

堀北沒表現出不願意，這麼答道。

然而，雖說堀北正在一點一點地成為對同學來說值得依賴的人物，但那份信賴仍遠遠不及平田。

但現在的堀北，她自己本身也理解那件事吧。

「不過，應該也有不少女生會覺得只有我一個人很不可靠。雖然這話不該由我自己說，但我覺得要商量事情的話，我的個性不算是很好相處。」

這話還真的不該由自己說呢。

「所以，我希望能請櫛田同學擔任副手的職責。怎麼樣呢？」

堀北這麼說，對坐在前面的櫛田拋話。

「我、我這種人派得上用場嗎？」

「當然。妳比這個班上的任何人都還受信賴。」

「呃……嗯。不嫌棄我的話，就請讓我幫忙吧。」

「謝謝。這樣其他人也會比較容易來商量了吧。如果不好直接告訴我，就算透過櫛田同學也沒關係。不論是什麼小事，我都會陪妳們商量。」

對櫛田可以信任到什麼程度就另當別論，但作為現在可以採取的作戰來說，這毫無疑問會是最好的。在這次考試的規則上，男生和女生要互相干涉相當困難。男生要參加女生那方展開的戰鬥根本就不可能。雖然上的課程和考試是在相同的設施裡，但還是會在不同的地點進行。能接觸的機會就只有晚餐的一小時。既然連平時能聯絡的手機都被沒收，那就更是如此了。

即使如此，先盡量蒐集資訊就是不可或缺的吧。

那麼一來，為了蒐集女生的消息，我就必須召集能幹的同學。

就班上來說，櫛田的動向也讓人有點掛心。

我能策動的就只有堀北或惠這兩人，但前者正處在有諸多麻煩的狀況。再說，我也必須考慮她會過度解讀我的意圖，而做出無謂的行動。

最重要的是，如果她要陪其他女生商量，大概也沒有餘力做其他事情吧。

那樣的話，我能利用的果然就只有惠了嗎？

但我無法強迫惠一個人去洞悉整組。

我把最低限度的必要事項傳到惠的手機。

郵件似乎馬上就寄到惠那邊確認完畢了。她寄回空白的郵件。

知道就要開始一場男女長期分開戰鬥的特殊特別考試，她好像馬上就猜到會有我的聯絡。惠本身也會很想尋求建議吧。

從負責人與連帶責任的制度看來，惠也不是不可能變成犧牲的人。因為就算講客套話，惠在上課態度或考試成績上也無法說是很優秀呢。

因此，我也先把幾招可以保身的方式告訴了她。

雖然不是所有學生都可以使用，但那至少是可以避開風險的辦法。

對我來說，其實接下來要舉行的特別考試根本就無所謂。我不打算使出取勝的戰略，只會在還說得過去的程度上等待結束。

話雖如此，就像我給惠建議一樣，我並不會完全不出手。

特別考試的最壞情況，就是C班出現許多退學者。

大概沒辦法靠我一個人就把全班的防護做到完整吧。

我必須先鎖定值得保護的對象。

也就是，除了我自己本身之外，我會想保護有力的幫手，像是惠、平田這些人。

還有，考慮到我跟學生會的瓜葛，就必須讓堀北留下來。

接著就是身為朋友的啟誠、明人、波瑠加、愛里，這四個人了吧。

不過，關於這四個人，雖然我會希望他們留下來，但他們不會在我的保護對象內。

我只會以一名朋友的身分祈禱他們不會退學。

就算想到集結所有年級的機會沒那麼多，但我大概還是只要先擔心南雲的動向就可以了吧。

我對周圍展開的小競爭不感興趣。

1

巴士下了高速公路，緩緩地開上一段有一定鋪修過的山路。我們出這所學校時，都會去海邊、山上之類的地方，學校是有移動到環繞大自然的地點的習俗嗎？

總之，新的特別考試在抵達後就會開始。從手機會被沒收的這點去看，這都算是要蒐集資訊就必須靠自己的雙腳或人脈的棘手考試。不過，如果隨意行動的話，也會關係到資訊外洩，所以行動上需要小心注意。

「這真不適合我……」

我老實地脫口而出。不管考過幾場特別考試，我一點都沒有適應。

在我自己的人生中，跟別人合作是很少有的事情。

「不久就要抵達目的地了。之後會馬上請你們開始在室內組成小組。分配完房間後要吃午餐。下午則會允許你們各別自由行動。」

「意思就是……好耶！意思就是今天不用讀書了，對吧！」

池開心地朝著我這邊笑。

確實會成那樣。今天是平日，和暑假不一樣。雖說有段移動的時間，但這也算是有點破格的應對吧。簡直就跟遠足沒兩樣。

巴士抵達目的地，就慢慢移到停車場把車子停下。

「被叫到的學生請依序繳出手機，然後下巴士。綾小路、池──」

茶柱按照五十音順序點名男生，同時開始讓學生下車。我關掉手機電源，把手機放進擺在老師身旁的塑膠盒裡。

我一下車，一名平時感覺沒交集、不太眼熟的老師就靠了過來。我隨後被指示在距離巴士有段距離的地方等著。

「啊──好冷！」

從巴士下車的池抱著自己的身體叫道。應該是因為這裡是山岳地帶吧。比從學校出發時還要冷。不過，眼前卻出現一片讓人有一瞬間忘卻寒冷的光景。

「唔喔……這裡是怎樣。這可不是林間學校的規模……」

下車後的前方，是個如操場般的寬闊地方，深處有兩棟古色古香的校舍。正因為要收容所有年級，所以規模相當不得了。

好像要在這裡度過一個星期。

雖然無人島時也是這樣，但我幾乎沒體驗過這種在大自然中的生活。

想到這場考試會被假設成和那種性質有關，以前參加過童子軍的池可能就會派上用場。再說，從體力層面思考，須藤的存在好像也很可靠。

女生也一個接著一個下車，堀北好像一下車就想來和我接觸，但很不湊巧的是大家都已經開始整隊了，所以也沒有辦法。

男女被分了開來，前往各別的校舍。男生前往的是稱為本棟的大型校舍。

踏入建築物裡，就有一股讓人有點懷念的木材香味撲鼻而來。

「是很懷舊的木造校舍呢。雖然屋齡好像很老，但管理好像也做得很徹底，維持在很漂亮的狀態。」

平田這麼說，周圍的看法好像也都一致。經過看見感覺是教室的地方，裡面沒有冷氣，只有中間放著暖爐。

明天開始恐怕就會在這種教室裡上課了吧。

我們被帶到的，是個就像體育館一樣的地方。

A班和B班的男生好像都已經抵達了，他們往我們這邊看。

之後D班應該會進來，接著是二年級、三年級吧。我們就這麼站著，被要求整隊，然後被命令待命。

A班和B班都沒有閒聊，看起來很沉著。

我應該當作是他們在巴士中就決定好一定的作戰及方針吧。

2

所有年級的男學生都被集合到了體育館裡。覺得不自在的一年級生馬上就集合起來，不吵不鬧地等著指示。不久，給人感覺是在教其他學年的男老師站上講台，拿起了麥克風，對學生們說話。

『我就當作你們都已經在巴士裡的事前說明各自理解了考試內容吧。因此，這邊我就不再贅述。那麼現在開始，我會安排組成小組的地點與時間。請各年級在討論之下組成六個小組。另外，組成大組的地點、時間，會安排在今晚八點開始。以上。雖然這是補充，但關於決定小組，不論規模大小，一律與校方無關。校方也一概不會作為仲裁角色介入。』

全體男生被下達指示，當場隨意進行分組。在組成大組之前，要先從組成小組開始。那麼，別班會以什麼作戰、目的應考呢？他們應該在巴士中統一了一定程度的戰略，實際上究竟會是如何呢？

我們按照年級各自保持距離，開始在體育館內決定小組。

我有點好奇其他年級的狀況，可是也因為有段距離，從這個位置無法得知細微動作。

在我像這樣不經意地觀察著高年級生們的時候——

在開始決定小組，還沒過幾秒鐘的情況下，一年級的班級就有了動作。

我還以為會暫時持續一段彼此互相揣測，但A班開始露骨地組成了一個大組。膠著狀態下的顯眼行動，必然會吸引周圍的注意。不久，A班就形成了十四人構成的一組。然後對B班以下的我們直言：

「如各位所見，我們A班打算以這些成員構成一組。目前小組人數就如你們看見的是十四個人，如果可以再有一名學生參加，就會備齊必要的人數。那麼，我們要招募願意參加的人了。」

這麼說著的，是一名自稱的場的A班學生。

雖然在集合的十四人小組中也有葛城的身影，主持的人卻是名叫的場的男人。葛城不是小組的負責人嗎？總之，A班起頭做出盡量在小組裡集中自己班級的提議。

「喂喂喂，你在自作主張講些什麼呀？就只有你們這樣也太狡猾了吧。」

須藤憤怒地瞪著的場。

「這說得上是自作主張嗎？我們的提議裡，構成一個小組最多也只有兩班學生。拿下第一名時的倍率也很低。我不認為這是只有A班才會有好處的貪婪提議。」

「不、不是啊，可是十四人也太狡猾了吧。」

「沒那回事喔。不如說，這樣反而公平。因為剩下的三個班級，都可以使用三個十五人的名額，所以各班只要像我們一樣組成類似的小組，不就行了嗎？」

「是……這樣嗎？」

須藤一時之間無法理解的場說的話，而回頭看了看平田。

「會是那樣呢。」

「你們能理解的話，事情就好辦呢。順帶一提，我們的方針是——不論是怎樣的小組、怎樣的配置，A班剩下的六個人都會欣然參加。」

「怎麼樣？」的場看著平田微笑。

他對B班的神崎或柴田等人也投以那種眼神。

「呃——……我想想，總覺得這件事還不錯。你是怎麼想的，神崎？」

「抱歉，我無法立刻答覆。」

「也是啦——雖然我不覺得A班剩下的六個人會故意扯別組後腿，但還是會讓人很防備呢。」

A班打算以快攻決定小組。可是，神崎無法立刻做出決斷，決定保留這項提議。

然而，的場對此卻以強硬的語氣開口說道：

「我給各位五分鐘。請在這段時間做決定。」

「設定時限啊。我們才剛開始決定小組，只憑A班的意見單方面決定，可不是件好事。我覺得只給五分鐘的緩衝時間實在不具討論價值。」

雖說這提議是任何班級都可以像A班一樣採取集中自己班上十四個人的作戰，但對所有班級來說都是平等提議的這點卻是假的。可以覺得勝利時的點數倍率低也沒關係的，就只有點數領先、目前位居第一名的A班。

「是呀。這或許確實不是只憑我們就可以作主的。不過，請別誤會。我們想說的不是只交涉五分鐘。意思是說，只會在五分鐘期間準備特別名額。」

「特別名額？」

的場完全由自己主導推進話題。正因為現狀是別班學生們的意見還未定型，處在開始行動之前，所以他們才能任意做出提議。這確實很類似先發制人。

「我們會以A班的十四個人組成一組，並且把一個別班的學生找進來。是不是最佳之策另當別論，但我們打算一意孤行也是事實。為此，如果是現在的話，對於我們請來的一名學生，總之就是特別名額，我們會附上額外的招待。」

的場流暢地說出在巴士中應該就先決定好的作戰。

「如果願意加入我們的小組，我們不會讓那名學生負起任何責任。這組是葛城同學擔任負責人，萬一拿到最後一名，要負責的也就只有葛城同學。保證不會拖那個人陪葬當作連帶責任。啊，當然，是僅限於不故意考差，或不傷害夥伴的情況就是了。如果單純是考試成績不好，我們都會寬容。」

那就是特別名額了嗎？

「真的假的……」

有些學生在特別名額的提議中看出了一定的價值。雖然組成班上勝利時點數倍率高的小組，或集中為了取勝的成員都是必要的行為，但思考那些事情的基本上都會是些肩負班級中樞的人物。從其他害怕退學的普通學生看來，可以百分之百安全通過這場考試的「特別名額」制度，是很不錯的提議。

葛城當上了負責人，主持場面的卻是叫做的場的男人。我從他的語氣與推進話題的方式來看，了解到他算是個很優秀的學生。意思就是說，A班裡沉睡著還沒浮出檯面的優秀人才吧。

然而，為什麼葛城不上前呢？是因為失去班上的地位，被迫負起輸掉時的責任嗎？

「我們打算以這十四個人拿下第一名，所以那一個人也很有可能可以受到獲得個人點數的恩惠。各班應該也有人對這次的特別考試沒信心吧？」

說完，他就環視了一年級全體學生。

的場講的話，確實會影響那些想把握特別名額的學生。

「但無法在五分鐘之內決定好的話，這個特別名額就會消失。萬一我們班受到懲罰，我們就會毫不留情地找人陪葬。」

「我覺得是個很有意思的提議，但這樣在過了五分鐘的時間點加入的價值就會急遽減少。大概不會有學生想加入可能會被抓去陪葬的名額吧。」

「雖然這不言而喻。」神崎這麼補充。

「是啊。誰會自願加入知道自己會被那樣對待的小組啊。」

有一瞬間被特別名額吸引的學生們也這麼直言。

「要怎麼想都無所謂，我們絕對不會讓步。」

說完，的場就帶領小組往後退了一步。

意思代表——我們不打算參與討論。

「採取無視他們的方針就行了吧。五分鐘過了的話，就不會出現任何學生想參加那一組。等時間到了，他們遲早會回來討論。」

「也是。」

神崎和柴田這麼說，方針好像落在暫時保持距離。D班的金田等人也沒有做出奇怪的舉止。

然而，平田聽到A班提議，好像只有他的想法有點不同。他往我、啟誠、明人這邊靠過來，詢問意見般地輕聲搭話：

「……你們覺得怎樣？」

「你是指A班的作戰嗎？」

啟誠率先和平田對話。

「嗯。我覺得他的提議其實不錯。C班全體順利結束這場特別考試，是這次考試的先決條件。因為我們才剛升上C班，我不想破壞這個好氣氛，也不希望同個班上的學生退學。不過，最後一名的小組卻伴隨著退學的風險。我在想，如果可以請A班的小組保護對考試沒信心的學生，那我們就可以暫且放心了吧。」

如果要轉為防守，A班的提議就可以說是種好處。

「不過，這次特別名額的約定，也不知道A班會不會保證遵守到最後。假如他們拿下最後一名，也可能強行讓我們負起連帶責任。說不定會說是口頭約定並且毀約。」

平田這種不安是正確的。

即使是口頭約定，法律上原本也具有約束力。可是，就算主張這點，也只會變成是雙方各執一詞。

只要A班從頭到尾堅稱不知情，事情就會變得很複雜。重要的是，他們在沒「故意」妨礙小組的情況下才不會抓人陪葬。假如學生考試成績很差，就會極難判別是不是故意的。

話雖如此，這個沒紙沒筆的場面上，也沒辦法留下書面紀錄。

就算打算拜託老師，校方也聲明一律不會干涉小組決定。叫老師幫我們記住這個口頭約定也沒意義吧。

話雖如此，全體一年級也都聽見了的場所說的特別名額。無視這點，採取拖人陪葬的對應，對他們來說也算是個很大的壞處。基本上應該可以相信吧。

「……讓他們保護一個人或許也是可行的耶。」

啟誠也表現得很同意平田說的話。

「是呀。接著，就看B班或D班會因為我們的動作而如何判斷了呢。」

加入特別名額，也可能會變得是在支持手段強硬的A班。

雖說時間短暫，不過平田好像想堅持思考到最後一刻。

距離這突如其來的提議已經過了大約三分鐘。雖然不知他們有沒有中規中矩地計算每一秒，不過的場他們一副從容不迫的樣子。是預估有人會舉手，還是正在思考其他作戰呢？

至於要不要靜靜觀察剩下的兩分鐘左右，等待的場他們開始動作的那個時候，這就要看B班以下的領袖們了。

「神崎氏。我有個提議，可以打擾一下嗎？」

D班的金田靠過來B班神崎的身邊。不是講悄悄話般的微弱音量，而是四周都聽得見，光明正大的接觸。金田也叫了平田過去，平田回應似的也走了過去。

「我判斷這是應該把握機會的狀況。多虧A班可以集中起來，就算他們的小組贏了，也只能拿到兩班倍率的點數。而且，只要接受條件，就可以得到任意配置剩餘A班學生的權利。總之，我們剩下的小組全都可以是四個班級構成。也就是說，只要可以盡量拿到上面的名次，這應該就越會是個可以縮短和A班之間差距的機會。」

「前提是如果我們可以贏過A班的小組。」

雖然我不清楚詳細的分數，不過A班在Paper Shuffle上打敗了他們B班。

神崎似乎是判斷假如考試會以學力分出勝負，那麼情勢就會很不利。

「確實有風險。不過，這不會只以學力分出勝負。怎麼樣呢？我認為在這裡採取動作打倒A班才是最佳之策。我覺得會是個不錯的提議。」

金田這麼開口，目的是B、C、D三班合力圍攻A班。

「不過，為了三個班級合作，我們就需要認可A班的十四人小組。但想到四個班級的點數倍率，應該就算是很划算了吧。而且，他們連特別名額都幫我們準備好了，實在是求之不得。」

「是呀。我覺得金田同學的作戰很好。」

平田表示贊同。神崎好像比較謹慎，還沒有要立刻做出決定的樣子。不過他好像也正在好好思考四個班級會帶來的好處。

「可是，要讓誰加入那個小組？我覺得至少B班不會有學生想自願加入A班構成的小組。包

含我在內。」

雖然說可以藉由特別名額獲得庇護，但那個人就要和A班同組共度一週。唯一確定的就是會很不自在吧。

「請問B班和D班有志願者嗎？」

對於平田說的話，兩班學生都面面相覷。

但遲遲沒人舉起手。

「那麼，我也想問C班的各位，請問有志願者嗎？」

這次問了自己的班級。

但反應和B班或D班沒有差別。其中應該也有學生覺得——若是特別名額的話就沒問題吧，但好像是因為擔心周圍目光或者不自在，因此都沒有出現候選人。

「這是我自作主張的推測，但我個人覺得A班應該會願意遵守約定。」

「你怎麼有辦法那麼說？」

「應該是因為他們是A班吧。要是宣言說不會拉人陪葬，卻把我們下段班的學生強行拖下水，以後這種交易會一律變得不管用。現在還只是一年級的第三學期，考慮到未來，我覺得失去戰略交涉上的信用會是很大的扣分。」

平田這麼說著，他的意見很有道理。

如果這是決定最後勝負的戰鬥，A班大概也會不顧形象了吧。

不過，現在時間還剩下兩年以上。如果在這裡表現出一定程度的守信，也可以變得在其他考試上使用同樣的手段。

就時機上來講，他們應該不會突然亂來做這種事。這就是平田的想法。

「雖然我很不想稱讚敵人，但他們可是A班。純粹就是成績比我們更好。總之，我覺得他們不會變成最後一名，或大幅拉低平均分數。所以，那絕對不會是被配屬到敗北小組的意思。我希望你們理解成是這樣。」

平田話裡的意思，池他們應該也很了解吧。

「幸好B班和D班好像沒有志願者，我想從C班選出一個願意加入A班小組的人。就算他們贏了，我們班也會有好處，而且也可以避免萬一退學的情況。怎麼樣呢？」

他這麼說完，就具體地看著池或山內等人。

他應該很想盡量保護對自己的能力很不放心的學生們吧。

平田做了最後的保險。

「就算特別名額的學生在考試上考不到小組的平均分數，你也可以答應不責備他嗎？」

平田向的場確認這點。

「當然。我們打從一開始就不抱期待。只要可以遵守我一開始說過的條件，我就向你保

證。」

「……我要不要去啊。」

池這麼嘟噥著。而山內聽見後，也說了同樣的話。

「在下或許也想去。」

接著，博士也加入了候選名單。共計有三個人上前報名。

「那麼，就公平地猜拳，讓獲勝的那一個進去吧。」

也因為有平田的引導，三人於是就像這樣猜了拳。

結果，獲勝的山內便獨自加入了A班的小組。

就這樣，A班主導的第一組轉眼間就完成了，他們留下A班的六名學生，去真嶋老師身邊做報告。這是僅僅數分鐘之內發生的事。

「這下子我們這些剩下的就可以任意分組了，但要怎麼做呢？姑且也是可以像A班採取的作戰那樣組成三個占了十四人的小組。大家採取A班那樣不把剩下的一人當作陪葬對象的作戰，彼此好好地合作，應該也是個辦法吧。不過，對我們來說，就像我剛才也說過的那樣，我想提議四個班級的混合小組。」

「是啊。既然都接受A班的提議了，就應該決定成四個班級混合。」

「也就是說你沒有異議。那C班怎麼看？」

神崎和金田只提出盯準高倍率的作戰。

「要以勝利為目標的話，這就會是必要的呢。這點我不會反對。」

「等等，平田。就這麼輕易答應，沒問題嗎？我不覺得自己可以和石崎之類的人同組一起生活。」

須藤插話。不只須藤，像是啟誠之類的許多C班學生都一樣。然後，我也聽見B班或D班裡的一些同學吐露了不平不滿。

混合四班在倍率上的好處很大，但也相對容易產生糾紛。

如果水火不容的學生們聯手的話，也會給成績帶來影響。

「我知道喔。我也不覺得可以馬上統籌起來。A班似乎是以什麼當作基準選出十四人分配到一個小組，但我們這邊大概不會進行得那麼簡單吧。」

就算從A班學生們的接受狀況去看，他們的報酬應該是所有人平分吧。或者，那六個沒加入小組而且負擔沉重的學生，說不定約好了將有更多報酬。這也是個正因為在A班這個安全位置才容易採取的作戰。

「先試著接受每個人的主張，同時組成暫時的小組，怎麼樣呢？如果有問題的話，立刻解散就可以了。」

「是啊。我也贊成這個意見。現在互相刺探也會是平行線，只會浪費寶貴的時間。A班學生

們已經解決了小組的問題，正要進入下個階段。」

他好像判斷如果只是互相爭論會無法向前邁進。

其他學生好像也打算暫且交給領袖級人物判斷，幾乎沒有出現不同的意見。

「我們也不反對。」

金田也坦然地接受。分組極為理所當然般地進行著。

不過，雖然看著這個情況的學生們都沒有異議，卻都露出一臉覺得莫名其妙的表情。周圍當然都了解擔任D班領袖的人物原本不是金田，而是龍園。但那個感覺是領袖的龍園何止沒加入討論，還待在和所有人都保持距離的地方，連觀察狀況的跡象都沒有。

第三學期已經開始，龍園退出一線的事情，已經是眾所皆知。當然，在不知道具體內情的學生中也有不少人懷疑那是假的。

「我就姑且問問，這是龍園的指示嗎？」

柴田單刀直入地說出連平田或神崎都抗拒追問的問題。金田一度摘下眼鏡，吹掉鏡片上沾到的灰塵。

「不，這是我個人想到的點子，與他的意向無關。就算我們在背後有聯繫，現在像這樣在說話的人也是我自己。你有什麼問題嗎？」

柴田靠近表情變得有點嚴肅的金田，向他道歉。

「我只是想姑且確認一下啦。如果讓你感到不愉快就抱歉了。」

「不會。比起這些，我們繼續進行話題吧。分組的問題搞不好會相當耗時。我想應該沒時間閒聊或繞遠路了。」

分組確實是個難題。各個學生要為了小組行動，同時也必須讓自己不被退學而奔走，並且讓班上能夠獲得報酬。那是件看似簡單，實則極其困難的事。然後，成立小組與其說是要拉攏有能力的人，倒不如說也是場為了不要抽到鬼牌的戰役。要怎麼把會扯人後腿的學生互相推到別組，應該會成為焦點吧。

為了推進分組這件事，C班出了平田，B班出了神崎，D班出了金田——他們各自發聲作為十五人小組的第一人。關於剩下的人數少的小組，他們好像是先暫時擱置。

開始執行從班上挑出感覺適任的十一個人的作業。

馬上就有幾名要報名參加小組的學生靠近平田身邊。如果是由自己的小組主導，除了可以避免陪葬的情況，也會比較了解彼此的脾氣。也可以把別班的干涉壓到最小的限度。他們理所當然似的聚集而來。B班也有類似的傾向，好像比我想像中更快就達到了規定的人數。剩下的D班也慢慢開始成立起小組。

注意著D班情況的應該不只有我吧。神崎或柴田等等重點學生不用說，許多學生都在觀察著他們。因為想知道龍園翔目前對D班來說是怎樣的存在。

不論是B班、C班都還沒完全信任D班。

因為龍園這人物至今一再地前來設計陷阱。這也理所當然。

「清隆，你打算怎麼做？」

啟誠和明人來做了這種確認。

「你們兩個呢？」

我表現得很煩惱，同時試著反問。

「我打算配合啟誠。畢竟我不擅長動腦思考呢。」

「……集中C班的小組很吸引人。可是，老實講我對平田的做法有些不滿。」

「意思是？」

明人不懂，於是反問道。

「平田比起勝利，更優先保護夥伴。我不會說那是件壞事，但到頭來勝率也會降低。事實上，池或鬼塚、外村都希望進入平田的小組。派不派得上用場當然要看考試內容。說不定他們可以拿到比我高的分數。可是，就我想出的考試內容，拿不到的可能性還比較高。」

「唉，說得也是啦……」

「因為A班不是烏合之眾。就算山內扯後腿，我也很懷疑平田的小組贏不贏得了。可以避免的就只有陪葬。既然這樣，我覺得就該刻意加入人數少的小組，以少數菁英取勝。」

「意思也就是說，如果這是在比平均分數的話，那才會是種可靠的方式嗎？」

一年級全體男生八十人。

各班二十人。順利分組就會變成這樣。

A班（十四人A、一人C）＝十五人

B班（十二人B、一人A、一人C、一人D）＝十五人

C班（十二人C、一人A、一人B、一人D）＝十五人

D班（十二人D、一人A、一人C、一人B）＝十五人

剩下的有二十人（A班三人、B班六人、C班五人、D班六人）。

這二十個人應該會組成兩組吧。

可是，在幾乎所有學生都按照各班代表人物想法組隊的情況下，也存在著不這麼做的學生。

其中的代表人物，毫無疑問就是D班的龍園翔吧。他簡直從最初就無意參與這場考試，不跟任何人有瓜葛，獨自等待時間經過。

可是，他並不是單純的邊緣人。不是不被任何人搭理，孤單地度過這段時光，而是一副正大

光明地貫徹孤高。

不過，既然小組無法全部決定下來，情況就不會有進展。

其中一組人數少的小組，勢必得收留龍園。

在就連同班的石崎等人都不跟他說話的情況下，要說存在著可以採取動作的學生，我也只想得到一個人。

「龍園同學，如果可以的話，要不要加入我們的隊伍呢？」

來這麼搭話的人，當然就是我的同班同學──平田。從已經半退出班級戰的龍園看來，一定會對強制性參加的考試感到厭煩，但另一方面，他應該也不會貿然反抗吧。

「慢著，平田！拉龍園入夥，可不是開玩笑的耶！」

想加入平田組的學生們全部表示反對。

誰會想自願抱著最大的炸彈呢？龍園翔在為了晉升A班的戰略上是個最不需要的存在。

對於這所學校的A班之座爭奪戰本身，學生們也有一定的了解。

可是，我同時也湧出一個疑問。

那就是在「A班之外」畢業的狀況。

當然，雖然不能享受到讓自己到任何地方升學、就職的夢幻般制度，但若非如此的話，我們又能得到多少評價呢？

那個疑問一直存在於入學了的學生們之間。

有那種好消息、壞消息同時交錯的感覺。

就壞處來講，會有被貼上「無法勝出的學生」這種標籤的狀況。意思就是說，應該會有因為升學或就業地點這麼判斷，而沒被錄取的情況。

但另一方面也有不少意見表示——大概也會有不少人器重高度育成高中出身的人吧。在實力主義中磨練三年並得到寶貴經驗的這點，以及是政府主導的學校這點，應該都會受到高度的好評。總之，只要不抱著太高的期望，我們都能判斷畢業的價值——換言之就是好處都將會很充足。

總之，不論D班也好、C班也罷，雖說升不上A班，但也不必太過悲觀。

二年級的狀況，是南雲已經以壓倒性的強度與支持統治著A班，並且遙遙領先B班以下的班級。雖說還有一年的緩衝時間以及逆轉空間，但下段班還是很艱苦。三年級也是類似的狀況。就算沒有二年級那麼壓倒性，可是聽說堀北哥哥隸屬的A班從來都沒有把第一名讓出去，而是不停地走在前面。

至少目前掉到D班的二年級、三年級，已經幾乎等於是沒有希望逆轉了。如果沒有逆轉的奇蹟……像是猜謎節目最終題目上會逆轉目前為止的分數的那種機制，大概就沒辦法吧。

就先不論我還沒掌握整體情況的一年級，感覺沒有學生會覺得退學也無所謂。

我不覺得升學或就業地點會歡迎戰敗退學的學生。

負責人產生的連帶責任制度之類的東西，只是為了形成一股抑制力。

是為了不讓學生以強硬的手段弄出退學者所制定的規則。不過，就算這樣保持戒心仍很重要。也可能存在覺得退學也無所謂的學生，萬一負責人要被退學，應該就會毫不留情地把某個人一起帶上路。

也就代表，負責人之外的學生必須盡量考到好成績，變得不會被算入陪葬的對象內。不得罪負責人也很重要。

「居然打算把我收過去，你還真是不得了啊，平田。可是，這件事情好像沒有得到大家的共識。」

沒錯。決定小組只要出現反對者，組別就絕對不會成立。

就算平田去說服，須藤等人也絕對不會肯首吧。

「欸，啟誠。少數菁英也滿有風險的吧？」

明人看了剩下的成員，這麼嘟噥道。

「……比我想得還危險。」

啟誠好像也感覺到了這點，而傻眼地嘆了氣。

C班剩下的五個人，有我、啟誠，加上明人、博士、鬼塚，以及高圓寺。

博士和鬼塚好像都加入了平田組，但單純是超額而多出來。關於高圓寺，該說他是一向都很我行我素嗎？他連參加話題的跡象都沒有。

我們也可以主張集中這五人，但剩下的十人小組有兩組。換句話說，別班就會無法使出相同的手段。

而且，幾乎沒有學生積極地想擔任負責人的職責，時間就彷彿停止一般，學生們的動作都僵硬了起來。

「只要不是跟龍園一組就好。」

B班的一名學生這麼說，踏出一步來做主張。

「我也想避開龍園。」

我隔壁的啟誠好像也有相同的意見，好像不管是誰都想避免和龍園組隊。因為不知道他會做出什麼事吧。

唯一有可能和他組隊的石崎等人，如今的狀況也在疏遠龍園。沒有和屋頂上的騷動直接扯上關係，可能對龍園沒什麼不好印象的椎名日和，因為是女生的關係，也沒辦法為這個場面帶來影響。

「好像沒辦法簡單決定下來呢。」

「讓他進入D班的小組會是最佳之策。」

「要是可以就好了，但現在的狀況實在很困難。」

「……我聽說了你們起內鬨的傳言。可是，沒什麼證據能讓人輕易相信。」

神崎──不，在場幾乎所有學生都這麼懷疑也情有可原。這樣看起來就像是D班在刻意疏遠龍園，並打算讓他做什麼事吧。

「神崎同學。我認為如果龍園真的很傷腦筋，我們就應該替他想點辦法。」

「想點辦法──這是B班或C班去幫助龍園的意思嗎？」

「嗯。」

「就算D班得救，那也代表兩個班級要犧牲。到頭來，如果衡量風險的話，把他接收進來應該都不是上策。」

神崎是正確的。如果某處會因為接收龍園而背負風險，那也該由他原本隸屬的班級背負才對。不必自己背負不必要的辛勞。因為就算金田或石崎他們不願意，推給其他班級才更是沒道理的要求。

假如這是雙人搭檔的比賽，平田恐怕就會毫不猶豫地和龍園組隊了吧。然而，這次的小組是由十人以上的學生形成。不是單憑一個人的善意就能決定一切。

忽然籠罩的沉默，暗示了這場分組好像意外地會拖得很久。把龍園排除在外，而且結果上立刻就組好的三個小組裡，好像也開始產生了疑神疑鬼般的氛圍。

3

「讓我做一個提議。現在問題在於龍園的存在，小組的組成是因為龍園要加入哪裡的關係才產生糾紛吧？既然這樣，作為接收龍園的代價，要我去當負責人也沒關係。」

如此發言的，是在旁靜觀狀況的明人。他那麼說了下去。

然而，就算表明要接納任何人都不想接收的龍園，也會遭受懷疑。

「你在打什麼主意？」

「很簡單。作為回報，我想要多拿一點第一名時會獲得的成功報酬。」

雖然我想並不是沒有反彈聲音，但大家都心知肚明龍園在身邊會比較危險。可是，我不覺得明人的行動是盯上報酬。看起來是既然沒學生接收龍園，他就找某個理由領走他。

「這是什麼提議啊。難道不是想在自己要負起責任時，找某人陪葬嗎？」

「只要不明目張膽地扯後腿，就不會發生那種事情。說起來，原本規則上就無法那麼做吧。」

面對明人斬釘截鐵的說詞，臨時小組的成員都閉上了嘴。

雖然有這番波折，一年級男生總算是分成了六組。

我的小組也同樣決定了下來。

C班是「高圓寺」、「啟誠」、「我」這三人。

B班是「墨田」、「森山」、「時任」這三人。

A班是「彌彥」及「橋本」這兩人。

D班則是「石崎」、「阿爾伯特」這兩人。共計十人的小組。

這跟以同班學生鞏固多數名額的四個小組，明顯很不一樣。

話雖如此，明人率領的另一組好像也一樣嗎？

不過，我加入的這個小組，也有這個小組的問題。

那就在於沒有決定唯一的一個負責人。這小組裡看起來沒半個那種會積極希望擔任負責人、發揮領導能力的學生。

因為也沒有會主動統籌的人在場，因此小組內充滿著難以言喻的氛圍。總之，現在首先是要向校方報告小組的組成。之後再選定負責人也沒有問題。作為第六組，我們十個人前去做了報告。

「儘管得以避開龍園，但這組考不考得到平均分數，實在也很難說。」

啟誠的話裡聽起來很不安。老實說，我們不太清楚C班以外的學生優劣。就我來講，我會想避免和石崎或阿爾伯特同組，可是這種時候也沒辦法。

石崎明顯地為了迴避我而沒往我這邊看過來，不過這樣旁人也不會察覺到什麼吧。只會給人一種不把我放在眼裡的印象。

「畢竟高圓寺也是問題兒童啊。」

要是他認真的話，學力和身體能力都沒話說，但也只限於「如果他認真的話」。

「就算是高圓寺，他大概也不會做出會扣分的舉止吧？因為要是被抓去陪葬就完蛋了呢。」

雖然總覺得他似乎會漫不經心地考到平均分數以上。他不是個能讓人預測的人物，唯有這點很明確。

要是高圓寺不表現出幹勁，也無法預測結果會變得怎麼樣。

報告完之後，我就發現應該已經先出去外面，以A班為中心的那個小組現在還留在現場。一開始，我還以為他們是為了刺探剩餘五組的編制如何，但看樣子好像不是那樣。因為當中也有二年級或三年級學生的身影。最重要的是，其中也有在二年級中釋放壓倒性存在感的學生會長——南雲雅。

他確認所有一年級很快都結束分組，就前來搭話。

「我想還有一點時間，想不到你們還真快耶。」

二年級或三年級，好像幾乎所有小組都組完了。

「我對你們一年級有個提議。要不要我們接下來立刻組成大組？」

「南雲學長，那不是今晚才要決定的事情嗎？」

「那是校方沒想到我們會馬上就統籌好小組，才會對學生做出的顧慮。碰巧所有年級都組完了小組，直接進行下去會比較划算喔。」

對教師那一方來說，事情會變成這樣，好像在他們預想之外。

老師們察覺學生有了組成大組的動作，都匆匆忙忙地開始行動。

學生會長親自那麼提議，其他學生也不可能拒絕得了。

「沒關係吧，堀北學長？」

「嗯。我們也是那樣會比較方便。」

他們如此簡短交談完，話題就以南雲為中心進行了下去。

「如何呢？用類似徵選制度的方式決定也不太有趣吧？一年級小組中派出六名代表猜拳決定指名順序。按照獲勝的順序，指名二年級與三年級的小組，然後完成大組。可以公平且在短時間內決定好喔。」

「一年級的資訊量很少。感覺欠缺公平性。」

「公平決定根本就不可能。因為到頭來，大家擁有的資訊都有差異。」

南雲與堀北哥哥之間的交談，雖然簡短卻很重要。一年級根本就不可能插嘴。

「一年級，你們覺得怎麼樣？如果對這做法有不滿，就說吧。」

明知我們無法頂嘴，南雲還是來這麼詢問。

「就我們來講，我們沒有異議。」

A班的的場代表一年級似的答道。

「這樣啊。既然這樣就立刻開始吧。」

南雲一度露出笑容，然後就去跟應該是他自己組成的小組會合。接著，二年級和三年級都淺顯易懂地分成了六個小組。

一年級之中，五個小組的負責人就這樣直接前去討論的場面。

南雲見狀，露出彷彿在盯著小朋友般的溫和表情。

「就剩下那邊的小組了。」

因為就只有我們的小組沒有決定負責人，所以我們才沒有動作，沒有學生想主動加入猜拳。

我以不被人發現的程度輕推了啟誠的背。他有瞬間露出一臉莫名其妙的表情，但還是無奈地舉起了手。

小組的六名代表人物聚集在一起，圍成一圈開始猜拳。

結果，啟誠要輪到第四個指名高年級生的組別。

第一個指名的，是以A班的場為中心的小組。第二個是以C班為中心的平田小組，第三個是金田當代表、以D班為中心的小組。

「你們也可以商量要選擇哪一組。」

身兼二年A班領袖與學生會長的南雲，他隸屬的南雲小組，以及三年級以堀北哥哥為中心的小組，可以說就是讓人最想指名的小組了嗎？不過，若是像平田那種有很多跨年級熟識朋友或者好友的，或許就可以看穿一眼看下去不會知道的隱藏版優秀小組。

第一個挑選的的場，毫不猶豫就挑了三年級生——堀北學隸屬的小組。他們接受這件事情後，第二個挑選的平田就聚精會神地盯著十一個小組，逐一觀察下去。

然後，他得出的結論不是另一個很有吸引力的小組。

是我半個都不認識的三年級小組。

「喂，平田。那樣真的好嗎？學生會長之類的小組，不是才比較好嗎？」

池會那樣插嘴也理所當然。

「嗯。這樣就可以了吧。雖然優秀的學生們很有魅力，但相對的，他們有的問題必然就多。再說，我挑的小組的前輩們也不輸他們喔。」

說完，他就自信滿滿地點了頭。

池心想既然平田都那樣判斷了，所以也沒太緊咬著不放。這也就代表著至今培養的信任有多麼深厚吧。接著是D班的小組。金田與其說是和同學商量，不如說是告訴大家自己想挑哪一組。因為他們好像沒有反駁，所以D班馬上就做了指名。

「我們要二年級鄉田學長的小組。」

南雲的小組又沒被選上，他們指名了不同的小組。

「為什麼會避開南雲呢？」

我喃喃說出單純的疑問，身旁的明人就做了補充。

「那是因為除了南雲學長之外的成員都有點怪怪的吧。」

「這樣啊。」

「唉，雖然不是所有人都有點怪，但有很多C班和D班的人呢。金田指名了有很多二年A班學生的小組。」

總之，金田也不是毫無意義地避開南雲嗎？何止如此，他還選了可靠且強力的夥伴。

不過，我在意的是南雲為何沒組成以A班為中心的小組。我當然知道南雲掌握了全體二年級，但先集中自己的班級，考試也會比較穩固才對。接著，輪到了第四個挑選的啟誠。

「給我決定沒關係嗎？」

啟誠對小組提出單純的疑問。

「我無所謂。反正我也不懂。」

包含石崎在內的D班，好像都把選擇權交給了啟誠。A班沒特別表示意見。B班原本沒表達意見，不過思考到最後，還是得出了結論——

「就選南雲學長的小組吧。」

儘管成員本身有很多C班、D班，但他們大概是對南雲是學生會長的部分做出了高度評價吧。啟誠接受這些意見，選了南雲率領的小組。後來討論也繼續進行了下去，結束了第二輪的挑選。不久之後，六大組的分組就完成了。

「堀北學長。真巧，我們在不同的大組，要不要一決勝負呀？」

堀北對南雲這種提議投以銳利的眼神。

另一方面，我則聽見了三年級附近發出有點傻眼的嘆息聲。特別考試近在眼前，三年級的藤卷以提出忠告的形式往前踏出一步。從他以前也主持過體育祭看來，可以知道他算是個有很發言力的學生。

「南雲，這是第幾次啦？給我適可而止。」

「你說第幾次是什麼意思呢，藤卷學長？」

「對於像你這樣對堀北挑起比賽，我至今都沒來插嘴。但這次是包含一年級在內的大規模特別考試。我不能允許那種把考試當作自己玩具的行為。」

「為什麼呀？在這所學校裡，是一年級、三年級都無所謂，誰要對誰宣戰應該都不奇怪吧。特別考試的規則書上也沒寫禁止。」

南雲面對身形魁武的藤卷也不懼怕，何止如此，他還繼續做出挑釁行為。

「我是在談基本的道德。就算沒寫，也是有些事情能做，有些事情不能做，這是理所當然的。」

「我不那麼覺得就是了。倒不如說，希望只有同年級生競爭的學長們，才是阻礙在校生成長的礙眼存在吧。」

「雖說當上了學生會長，也不是任何事都會受到允許。你才要有自覺這是越權行為。」

「如果你這麼想的話，就請你來讓我自覺到這點吧。不然我也把藤卷學長當作對手吧？你姑且也算是三年A班的No.２吧？」

南雲露骨地表現出把他當作順便的，趾高氣昂地手插口袋。

雖然是個粗劣的挑釁，但對一些三年級生來說，這似乎是種屈辱。好幾名學生都想衝上前。

不過，堀北制止了。

「我一路以來都拒絕你的要求。你知道是為什麼嗎？」

「我想想。不就是因為你害怕朋友們輸給我嗎？雖然我那麼說，但那實在不可能吧。堀北學長是我見過最優秀的人。你既不怕輸，說起來也根本不認為自己會輸。」

聽著南雲說話的二年級生，看起來甚至還有點崇拜南雲。

不只是朋友、恩人的那種角度。他既是競爭對手、討厭的對象，同時也是值得尊敬的對手。總之，他被投以了各式各樣的情感。

進入這所學校之後的兩年期間，這男人應該以常人辦不到的方式達成了許多事情。連三年級生都無法理解那到了什麼程度。對一年級來講，就更是無法理解了。

「你單純和藤卷學長一樣，是因為不希望沒有好處的紛爭，對吧。」

「你喜愛的紛爭會過度連累到他人。」

「我想那就是這間學校的做法、個中樂趣……但這是見解的不同。不管怎樣，我原本想說，如果是體育祭的接力大賽就可以和學長來一場無法避免的對決，但可惜的是沒有實現。我這邊的慾望一直沒有得到滿足呢。」

「我不覺得二年級和三年級比賽會是場有意義的考試。」

「我想也是呢。學長你就是那種人。但我也只是希望進行前學生會長和現任學生會長的個人戰。你馬上就要畢業了。我想在那之前考驗自己能否超越你。」

南雲止不住渴望似的，要求永無止盡。

「你打算拿什麼來決勝負？」

三年級生有一瞬間表現驚訝的模樣。因為現在的情勢走向是堀北哥哥好像會接受南雲發出的

挑戰。

「就看哪一方能讓更多學生退學，怎麼樣？」

南雲的這句話，引起一年級和三年級的喊叫。

「別開玩笑了。」

「雖然我是覺得很有趣，但這次就先作罷吧。要讓我認真提議的話，就是看哪一組可以拿到比較高的平均分數了吧。雖然我覺得很單純，但這樣也很淺顯易懂。」

「原來如此。如果是那樣，要我接受也是可以。」

「謝謝你。我就在想，如果是學長的話，你一定願意接受。」

「可是，這只會是我和你之間的個人比賽。別把其他人捲進去。」

「別捲進去嗎？可是從特別考試的方法來看，我認為想辦法扯對手的小組後腿也是一種作戰。」

「那和考試本質差得很遠。這場考試只是在考驗小組的團結力。絕對不是一場要鑽對手小組漏洞、打亂對方的考試。」

「……所以，那是怎樣？」

石崎不知怎麼的來問了啟誠。

「意思就是說，除了堂堂正正決勝負之外，他都不會接受吧。簡單來說，我想他的意思是

——不要採取像龍園那種排除對手的作戰。」

「……原來如此。」

堀北哥哥和南雲不管他們兩個人這段簡短的對話，繼續說了下去：

「如果你無法接受我所說的條件，我就不打算接受這件事。」

堀北哥哥否定的是陷害對手的行為。

目的恐怕是想封住南雲擅長的做法。

「意思就是說，我不能為了取勝而攻擊堀北學長的棋子嗎？那樣也沒問題喔。」

感覺他會很煩惱，沒想到南雲卻老實地做了回應。

但堀北的哥哥進一步接著說：

「不限於我這邊的小組。我不接受那種加害其他學生的做法。在我釐清你干涉了什麼事情的時間點，這場勝負就會算是無效。」

「真不愧是學長，還真是不會漏看呢。雖然我也是想過向堀北學長小組之外的人尋求協助，讓其他人發起攻擊的這種辦法……」

說完，他就無畏地笑著。

「我知道了。畢竟渴望比賽的好像也只有我，我會接受一定程度的條件。徹底堂堂正正，並且看哪一方會以更強的團結力獲得高分。我們就來比這種比賽吧。我先說，應該不必為輸贏安排

懲罰吧?換句話說,這完全會是一場只賭尊嚴的比賽。」

關於這點,堀北的哥哥既沒有否定,也沒有肯定。

他大概就連尊嚴都沒打算要賭上吧。

4

漫長的暖場結束後,我們的小組就被南雲叫住了。

「雖然學長們都走了,但還是稍微借個時間吧。因為你們好像還沒決定負責人呢。」

面對南雲指出這點,啟誠稍顯慌忙地應對。

「咦,你怎麼會知道?」

「因為我叫大家猜拳時,你們的動作明顯很奇怪。如果在組成小組的階段就決定完負責人,那傢伙會馬上走出來才對。但是,那時只有你們和另一組的反應很慢。如果要再說另一件事,就是沒有決定負責人的小組,應該會是混合三班或四班的均衡型小組吧。」

南雲應該不至於認識每個一年級生,但他還是靠推理猜中小組是怎麼分出來的。

雖說不是那麼困難的推理,但也並非任何人都會察覺到。剛才真的只是慢了一點而已。事實上，我也推了啟誠的背，讓他立刻參加了猜拳。如果要進行討論的話，沒有負責人這點就會曝光。因為我認為沒必要自己暴露出這種可能會變成弱點的要素。雖然這種嘗試還是以徒然作結。

「因為之後再決定負責人好像也沒關係……」

「是啊。但我也想先掌握一年級的負責人是誰。再說，我也希望負責人可以盡早察覺自己該履行的職責。時間拖得越晚，除了會比較慢才有身為負責人的自覺，心裡還會湧現被硬塞工作的不安。」

雖然很難說清楚抓到多少重點，但南雲似乎無疑是想讓我們當場決定負責人。

「……要怎麼辦？」

啟誠詢問除了我以外，那些交情都不怎麼好的組員。啟誠自己大概也不想做這種擔任主持人一般的事情。

「用什麼方式決定都可以。就在這地方決定負責人吧。」

如果是學生會長親自下達的指示，裝作不良少年的石崎或阿爾伯特也沒有反駁的餘地。

「應該任何人都不會參選吧。這也用猜拳決定不就好了嗎？」

石崎草率地說完，就伸出了握起的拳頭。我也順勢把手伸出。

九個人——九顆拳頭圍成一圈排在一起。

還缺一個人。有個學生不打算伸手猜拳。

「喂，高圓寺。」

啟誠叫了在稍遠處盯著窗外的高圓寺。

但高圓寺看也不看這邊。

「那邊的金毛。趕快啊。」

二年級發出稍微蘊含怒氣的聲音。

這下子，高圓寺也總算是發現自己正在被人叫，然後回過頭來。

「呵呵呵。我的髮型有種顯眼的美感，對吧？」

「什麼？」

他只對髮型做出了反應，而非猜拳的話題。

「高圓寺，認真點啦。」

「什麼叫做認真呢？參加猜拳，就算是認真嗎？」

「一年級的……你叫高圓寺吧。你在小看我們高年級生嗎？」

他當然會被人盯上。那種事從一開始就很清楚。

「小看？不，我才沒有在小看人。我從一開始就對你們沒有任何興趣。放心吧。」

我沒有做出瞧不起別人的行為——他大概以為自己是這麼回答的，但完全是反效果。

「我不會參加猜拳。因為我對什麼負責人的不感興趣呢。」

「不感興趣的這點，我跟其他人也都一樣。但我們也只能這麼做了吧。」

儘管很傻眼，啟誠仍如此說服他，但高圓寺好像完全沒有要回應。

「你說的話還真奇怪呢，Boy。既然沒有興趣，就沒理由參加了吧？」

「不，因為規則就是那樣呀。」

「規則就是小組內的某個人必須擔任負責人。既然這樣，就給我以外的某人去當就行了。」

「別開玩笑，喂。這種場面還能讓你這樣為所欲為啊？」

曾經和龍園一起和高圓寺起過糾紛的石崎，頂撞似的逼近對方。

「呵呵呵。不然，你就隨便把我弄成負責人不就行了？」

說完，高圓寺就把瀏海往上撥。

面對這意想不到的提議，石崎也停下動作。

「那就讓你來當。可以吧？」

「要把負責人推給我，是你們的自由。我不打算逐一反駁那些事。如果繼續維持沒有負責人的話，小組就會受到懲罰吧？如果你們害怕那點的話，就那麼做吧。」

可是，面對高圓寺接下來說出的話，在場所有人都傻眼了。

「我決定要做的就會去做。不過，絕對不做的事情，也絕對不會去做。總之，意思就是說，不管誰要來直接跟我談判，我的想法都不會動搖。當然也不會履行身為負責人的職責。甚至可能

還會抵制考試。就算結果會因此未達平均分數，或是可能得抓人來陪葬。ＯＫ？」

「……這……要是做出那種事情，你也會被退學吧！」

「呵呵呵。是呀。」

他表現出那種簡直不怕退學的態度。

「不過，這種事原本就應該算是個蠢問題呢。就算我在所有考試上都拿零分，只要你們努力奮戰的話，平均分數就不可能低於及格標準。你們可以抬頭挺胸地應考。」

高圓寺說完，就把頭髮往上撥。但沒有保證不會低於及格標準，這件事完全沒根據。這是高圓寺擅自認為考試沒那麼嚴苛的判斷，或是這不過是他不想參加才胡謅出來的。不過，這也充分傳達出高圓寺有多麼特異了。

「怎麼會有這種傢伙啊。這傢伙腦子有問題吧。」

石崎會這樣往後退一步，嘴裡同時碎念，我也可以理解。

然而，我在這個高圓寺的對話裡發現一個矛盾。話雖如此，在場的石崎等人絕對無法發現那個矛盾點吧。那是因為高圓寺的態度本身並無虛假。

假如高圓寺是刻意創造出那種矛盾的話……

要確認那點，具有必須等考試當天才能知道的這項巨大風險。

「反正他不可能有膽子考零分啦，我們就推給他吧。」

如果可以的話，他應該很想把既麻煩又危險的負責人硬塞給高圓寺吧。當然，從別班的角度來看，因為會失去獲得兩倍點數的機會，也有被抓去陪葬的可能性，所以心裡應該也很複雜吧……但要是高圓寺真的做出考零分的行為，到時就會有悲慘的末路等著。

「別這樣，石崎。做出那種事情，你會被抓去陪葬喔。」

橋本以向敵人雪中送炭的形式制止石崎。

「可是……可惡，如果死皮賴臉的要求會被允許，那我也絕對不幹。」

「唉，就是會變成這樣呢。」

儘管很傻眼，橋本也同意地點頭。

任何人都不覺得這個小組會得到第一名。所以，基本上不會出現想自願當負責人的學生。說不定，我們的小組正被迫處在超乎想像的艱苦狀況。如果高圓寺就這樣堅持到最後，我們就會失去相當多的點數。就連應該可以拿到的「最低分」都不會進帳，這對二年級或三年級來說，應該是非常始料未及的事態吧。

但是，面對高圓寺這異常的態度，有一名人物強行介入。

「你的事情我也有耳聞，高圓寺。」

要說令人意外，這人物確實也令人很意外……與高圓寺感覺沒交集的南雲，像是發現了很有意思的事情而靠了過來。是平時彼此沒瓜葛的兩人。

「我也認識你喔。你就是新上任學生會長的那個人吧？」

一如往常的高圓寺就算面對學生會長也不懼怕，做出了應對。

「雖然要抱著胡鬧的態度是你的自由啦，但你真的認為退學也無所謂嗎？」

南雲這樣詢問沒表現出弱點的高圓寺。

然後繼續說道：

「這所學校有很棘手的制度。儘管如此，你依然渾渾噩噩地以那種態度走到了今天。那就是為了從這所學校畢業。可是，你卻在這邊滿不在乎地承受了被硬推去當負責人的風險，而且還要抵制考試？你是在騙人。你只是不想付出晉升A班的努力，不會打算不讀這所學校。」

「呵呵呵。你這話還真有意思呢。你怎麼能斷言我是在騙人呢？」

這恐怕就是正確答案。高圓寺入學沒多久的那陣子被班上問到有沒有意思以A班為目標時就曾經回答過。他說他沒興趣。只會從這所學校畢業。

雖不想被退學，但也不必以上段班為目標。跟我向這所學校尋求的東西極為相似。也就是在考試上適度放水也沒問題的立場。所以他的態度才會這樣強硬。

「你臉上就那樣寫著呀。」

南雲捉弄人似的說完，高圓寺就愉快地笑了出來。

「Bravo、Bravo。」

啪、啪——他拍了拍手。然後，對南雲隨便講的理由老實回答：

「我不想當負責人，所以就忍不住撒了個謊。讓我修正吧。雖然我不打算以A班為目標，但也沒有打算退學。總之，我覺得能讓我就這樣渾渾噩噩過下去會是最好的。」

高圓寺招供般地這麼回答。

感覺所有人都會接受這點，但南雲卻沒有這麼做。

「對A班沒興趣嗎？那也是騙人的吧？」

「哎呀呀，我已經被當作是騙子啦？」

「如果不是謊言的話，就會出現一些讓人不明白的地方了，高圓寺。目前，你已經得到在A班畢業的可靠方式，對吧？」

南雲說出教人一時難以相信的事情。不僅是石崎或我們一年級生感到驚訝，二年級或三年級都同樣非常震驚。

「哦？你說的話真有意思。如果可以的話，能不能把你的Logic告訴我呢？」

「這樣好嗎？我在這裡說明邏輯，你那個『可靠方式』就會變得沒辦法使用了。不，是我會把它變得無法使用。」

「呵呵。無所謂，我開始想知道你有沒有猜中我的想法了。」

面對南雲的追究，高圓寺何止懼怕，還開心地笑著。

「使用兩千萬點升上A班——任何人都考慮過把那當成作戰，並且打算執行。雖然實際上沒辦法輕易存到那麼龐大的點數，但也不是絕對不可能。你入學後馬上就刺探了三年級畢業時剩下的點數會被如何精算。」

「說下去。」

「個人點數在畢業時會被『現金化』，變得在校外也能使用。其價值當然會下降到比點數時還低，但這同樣都是個破格的制度。你打算用高於現金化價值的金額收購個人點數，對吧？」

得到南雲的說明，周圍當然都藏不住動搖、驚訝。

被指出這點的高圓寺滿足地點頭，然後開始說起話來。對於南雲的正確言論，高圓寺也答道：

「沒錯。我入學後馬上就知道這個結果，並且抵達了真理。在學時，不論名聲有多麼衰敗，只要在最後以合法手段獲得個人點數，我覺得三兩下就可以在A班畢業了呢。攻略辦法實在是太好想了，所以學校就突然變得很無趣。」

也就是說，這是有錢人才辦得到的奇蹟招式。

從放棄去A班的學生，或勝券在握的學生，以及就快畢業的學生那邊高價購買個人點數。只要有他畢業後會買下點數的保證，就算有很多學生轉讓也不足為奇。

可是通常那極為困難。

假如以跟現金同等的價值買下來，就會是兩千萬圓。那不是憑高中生一人的想法就能準備，就算說要支付，實在也不是件能讓人相信的事情。

「幸虧在進入這所學校前，我就在企業的網站上作為下任社長登上臉部照片和簡介了。輕輕鬆鬆就有足以動用幾千萬的能力。要讓人信任，相較之下很簡單呢。」

「嗯。實際上二年級中也有好幾個學生預定要賣你點數。三年級中應該也摻雜著相當多人數吧。雖然你好像有請他們別說出去，但二年級裡也有不少學生完全信任我。也有學生來商量是不是可以聽信你的花言巧語。當然，作為一個方案，我先是表示了贊成。雖然不是沒有風險，但因為你似乎相當有錢呢。不過，那也只到今天為止了。」

南雲說完，就把視線對著二年級以及三年級。

「就算實際上是個有錢人，但就如各位所見，高圓寺不是可以信任的男人。他是只要有必要的話，就會若無其事說謊的學生。各位最好絕對不要做個人點數的買賣。」

他說完，更補上一句話：

「為防萬一，我會把這件事呈報給校方。因為在畢業前買下個人點數，或許本來就不是件應該被允許的事。」

「無妨。我只是做了晉升A班的準備，實際上也沒決定要不要執行呢。」

看來高圓寺不過是把這假想成一個作戰。

但這還是很不得了。不過，只要無法實際準備兩千萬這筆鉅款，這就是除了高圓寺以外的任何人都無法實現的獨一無二作戰。

「……我還以為他是個奇怪的傢伙，原來是正常領域之外的一招呀。真漂亮。」

橋本好像佩服，又好像傻眼地嘟噥著。

「做出自己放棄那招的行為，高圓寺是打算幹嘛呀？」

許多視線都往身為高圓寺同學的我或啟誠看過來，可是，我們根本就不可能會知道那種事情。不，正確來說，我是只有一個頭緒。

那就是高圓寺沒理由在A班畢業。從只求「在這間學校畢業」的高圓寺來看，他應該感受到了和夥伴互相合作有多麼沒意義。

儘管找到了攻略辦法，也沒必要勉強使用。

所以，也就是說露餡了也沒問題。還是說，他會在另尋其他攻略辦法上找到樂子呢？南雲對高圓寺的洞察力和資訊量還真不得了。

「我還是第一次看到高圓寺被人哄騙。」

我原本也打算對啟誠的這番嘟噥表示同意。

但是……

「不過，學生會長，這樣我就很明確沒理由參加猜拳了。既然你抖出一切，那只有這件事情，我要先說在前頭。我不打算接下負責人。」

「……原來如此呀。」

說不定高圓寺確實有某種打算，但他的立場不會改變。

倒不如說，他自己暴露出他籌劃的這個唯一可以被人抓住的弱點，而且還放棄掉了。

這麼一來，也可以說沒辦法把負責人強行推給他。

高圓寺是個超級有錢人，萬一被退學，未來也不會是一片黑暗。我實在不覺得那種人會害怕退學。

當然，雖然也是可以使出強硬的辦法讓高圓寺當上負責人，但這小組裡應該沒學生有那種勇氣吧。因為要是被高圓寺抓去陪葬，那實在會讓人受不了。

「總覺得或許由我接下來會比較好……」

啟誠放棄似的舉手。

以此為開端，別班學生也一度做出了反應，可是因為小組隸屬的學生有高圓寺、石崎、阿爾伯特這些難搞的學生，以及比其他小組勝算都還要低，所以沒有學生前來競選。

「那就決定了。」

南雲見證了負責人的決定，指示解散這場集會。

後來，我們便遵從校方的指示，離開了這間體育館。

5

「這……遠比我想像中還要老舊耶。」

我們按照小組被帶來要住宿的房間。房間裡好像各別放置了木製的上下鋪，床鋪數量應該會配合人數而有所增減。石崎馬上就走去房間深處的上下鋪，使用登到上鋪的梯子爬到上面。

「我要選這裡。」

「你在擅自說些什麼啊。只有你這樣，也太狡猾了吧。」

對石崎的搶先行動，彌彥有些蘊含怒氣地說道。

「這就叫先搶先贏。」

石崎嗤之以鼻、一笑置之，就這樣打算躺下去，同時俯視著彌彥。

「誰要使用哪裡，應該要由討論決定。」

當上負責人的啟誠也提醒了他，不讓他擅自行動。就跟他對彌彥一樣，石崎大概不打算認真聽吧，但他有一瞬間跟啟誠旁邊的我對上了眼神。他應該有盡量為了不跟我對上眼神而無視我，但若在同個小組，無論如何都有無法完全避免的時候。

「唔……」

石崎有一瞬間出現了好像很慌張、害怕的變化。他匆匆從床上跳下來。

「你說討論……具體來說是要怎麼決定啊？」

面對石崎突然改變想法，啟誠一臉不可思議地偏著頭。

看來他或許把啟誠的勸戒理解成是我做出的勸戒。若是這樣的話，那就是過頭的被害妄想。因為我覺得靠先搶先贏決定占床也不是個奇怪的方式。當然，如果討論後再順利決定下來會再好不過。

「呵呵呵。如果你不需要那個地方，那我就不客氣地收下吧。」

高圓寺說完，就跳上了石崎剛才占住的床。

「欸，你在擅作主張做些什麼啊！」

石崎恢復正常狀態，對在上鋪放鬆的高圓寺怒吼。

但對方是無法用常識溝通的高圓寺。他充耳不聞，才幾秒就已經把那邊當成是自己房間那樣舒適地放鬆。

「可惡，這樣哪能商量啊！」

以高圓寺為開端，有些學生都去占了床位。石崎也放棄和高圓寺爭辯，再次占住其他上鋪。

不管哪一個學生都一樣，大家都優先希望睡在上鋪。只有體格魁武，爬上上鋪好像會很辛苦的阿

爾伯特，是毫無怨言地占住石崎下方的床位，將沉重的身體坐了上去。

已經變得不是靠討論決定的那種氣氛了。

「只能由我去了嗎？」

啟誠說完，就占住感覺任何人都不想要的床位——高圓寺的下方。雖然周圍會難以察覺到這點，但有夥伴願意做任何人都不想做的事情意外地重要。順帶一提，結果我也決定要使用下鋪。我的上鋪是A班的橋本。

「請多指教啊。呃——……」

有隻手從上鋪伸出，來和我打了招呼，但對方似乎不知道我的名字。

「我叫綾小路。請多指教。」

「我叫橋本。」

我們輕輕握手，做了類似今後要和睦相處下去的約定。

這天接下來都會是完全的自由時間。因此小組沒有發揮機能，學生開始各自隨心行動。如果小組裡有平田那種擁有領袖能力的學生，說不定他從現在開始就會執行讓組員變親密的辦法……

就我來講，我則是有種沒機會和別班同學打好關係而覺得遺憾，但也有點因為不用進行麻煩的對話而感到輕鬆的複雜心情。

「欸——雖然這是很單純的疑問啦，但阿爾伯特會講日文嗎？他應該會日文吧？」

上舖的橋本像這樣對石崎和阿爾伯特本人拋出疑問。

「這是當然的吧。對吧，阿爾伯特？」

石崎回答橋本，並且把身體探出上舖，俯視下方的阿爾伯特。

不過，阿爾伯特完全不應聲，而是目不轉睛地直視前方。

「……難道他不會嗎？」

「你們應該同班吧？」

橋本笑著說完，石崎就一臉有點不高興地補充：

「沒辦法吧。因為平常都是龍園同學在下達指示。」

「龍園同學啊。」

石崎無意間加上「同學」這個稱謂。然而，如今就會產生奇怪的矛盾。

「他跟你們吵架，被拉下領袖地位的事情，是真的嗎？」

「很煩耶，是真的啦。剛才……我只是不小心冒出以前的習慣。」

別說是加強小組的團結力了，他們好像還已經開始互相刺探。龍園退出第一線的事情，任何人都懷疑其可信度。

我對這種馬上就開始的競爭視若無睹，決定到建築物裡走走。

了。

6

第一天的用餐時間——換句話說，就是早上下巴士後，第一次可以接觸到女生們的時刻來臨了。

寬敞的餐廳可以容納的人數似乎相當多，有著走上樓梯就可以俯瞰一樓的設計。根據瀏覽過的資料，這裡好像是可以容納大約五百人的地方，擠了相當多的學生。

「連手機都沒有，要跟什麼人會合也不容易耶。」

堀北或惠恐怕都正在找我吧，但我刻意不動作。就算她們兩人在這個場合上找到我，反應也會是完全相反的吧。堀北會毫不顧忌地過來攀談，而惠會觀望情況。因為她明白我沒做出主動找她的動作，就是現在沒有接觸的必要。

我預計第一天特別會接觸到各式各樣的學生。儘管我不覺得自己有被很多人盯上，但也很可能正在被坂柳或南雲這些學生監視著。雖說當時平田等人也在場，但南雲知道我曾經和惠待在一起。

我想先避免不謹慎的接觸。

就讓我單獨在一定的程度上觀察其他人會接觸什麼人吧。

但在那之前，首先是吃飯。因為一小時這段有限的時間是很寶貴的呢。

我端著餐點托盤，獨自坐下。

如果是一般校園生活的話，我們會按照年級劃分一定的區域，但唯有被分組的這次，各年級學生是混在一起吃飯。雖然多半是小組集中在一起，但也有不少學生為了蒐集資訊而行動。

唯一可以接觸到女生的這點也很重要。

也單純是一段情侶們可融洽相處的有限時間。

「哈呼──────」

附近傳來就像疲勞感一次湧現而出，卻也很可愛的聲音。

那是擔任一年B班領袖的一之瀨帆波。

她的周圍，不分男女地湧來許多學生。

我決定在附近的空位坐下聽他們的對話。

這種時候，我很有自信比較不會被周圍的人注意到。

「……雖然炫耀自己沒存在感也很沒出息。」

總之，就算我坐在附近，一之瀨他們也沒有反應。

不過，學生餐廳裡有將近五百名學生，他們應該不會在意周遭每一名學生是誰吧。

「辛苦了，小帆波。剛才辛苦嗎？」

「喵哈哈。問我辛不辛苦，應該算是很辛苦吧。我以為小組會決定得更順利呢——但該起糾紛的時候，還是會起糾紛的呢。」

「沒辦法嘛，畢竟我們和別班是敵人。」

「但就我剛才聽神崎同學所講的，男生那邊好像很快就定下來了喔。」

「咦~真的呀~？我們還耗到中午過後耶。」

男生也絕對不算是很順利就決定下來，但女生那邊好像起了更多糾紛。第一天沒有課程，好像也是因為老師預料到那種事情吧。

「欸，這次的考試，該不會有人被退學吧……？」

「也沒辦法說一定沒問題呢。雖然我們一年級目前沒人退學，但我認為不能大意。」

她好像有確實地抱持危機意識，在挑戰這場特別考試。

「萬一被抓去陪葬，該怎麼辦……」

「沒事啦，小麻子。因為只要認真應考的話，就不會變成那樣了。」

「是……這樣嗎……」

「再說，萬一怎麼樣的話，也只要大家互相幫助就沒問題了。」

一之瀨那樣說，安慰消沉的麻子。

一之瀨在那些成員之中看起來是最疲倦的，但她卻表現得很堅毅。

「好累喔。」

一之瀨把上半身懶懶地趴在桌上。

好像因為這樣，導致她發現坐在稍遠處的我。

「綾小路同學——呀呼——」

是妳啊，我都沒發現耶——要是我這樣回答，反而會產生不自然。

考慮到從距離來看可以充分聽見她的聲音，我老實回答好像會比較好。

「妳們剛剛聊得真熱烈。」

「聊天或許是女生的能量泉源，但又或許不是如此。」

一之瀨說著我聽不太懂的話，同時再次倒到桌上。

因為平常她都不會表現出提不起勁的態度，所以這是一片讓我有點意外的光景。

「啊，這樣不太好嗎？」

說完，她就想直起上半身，於是我便阻止了她。

「累的時候，這樣很正常吧。」

「抱歉呀——有點造成你的不愉快。」

我完全沒感到不愉快。我沒辦法說出口，於是就先在心裡這麼說了。

「妳組成了一個很辛苦的小組呢。」

「或許應該說，是在組成現在的小組之前很辛苦吧。該說女生好惡分明嗎？因為也有不少人當著對方的面就說討厭哪個女生。關於這點，男生大概多半會傾向把這種個人情感表現得比較含糊一點吧。」

「龍園就露骨地被討厭了。」

「雖然說不能嘲笑他，但那樣實在也沒辦法吧。不過，龍園同學大概也很難受吧？所有人都退避三舍，他應該也會很累。」

那種想法並沒有錯，但大概不適用於龍園。因為他看起來是少了要背負的東西，而正在悠哉度日。

「別太逞強啊。」

我判斷不必久留，所以就離席了。

「沒事沒事。我就只有活力這個優點呢。回頭見嘍，綾小路同學。」

一之瀨輕輕揮手目送我。這次的規則安排了一天一小時和女生接觸的機會。男女無法直接干涉對方，但可以想像這很明顯是一段以共享資訊為目的的時間。

目的恐怕就是要在這個地方蒐集資訊、下達指示，然後奮戰下去。

這是在溝通能力上很優秀，並且受到信任的學生才擅長的領域。

「完全不適合我。」

和無人島時一樣，我在基礎部分上沒有能做的事情。

受考驗的人性

早上六點過後，室內響起了輕快的背景音樂。因為是從室內裝設的喇叭播放出來的，想當然這就是通知起床的信號。

室內還很暗，甚至看不見日出的光線從薄窗簾的另一端照進來。

「搞什麼……好吵。」

石崎的這般牢騷，就是我們早晨的第一句話。雖然有學生聽見音樂也沒醒來，但還是零星有人直起了上半身或戴上眼鏡，慢慢地開始活動。

「今天起就一直會是這個時間起床了吧。」

我聽見了橋本邊嘆氣，邊在床上嘟噥著。

「總之，最好所有人都起床。要是少了任何一個人，大概會變成扣分項目。」

啟誠把手臂穿過運動上衣的袖子，同時這麼叫人。既然要在同一間房間生活，就免不了連帶責任。

「喂，高圓寺不在耶。」

「嗨，早安呀，各位。你們正要出去找我嗎？」

高圓寺的額頭微微冒汗，掛著爽朗的笑容登場。看來他起的比我們還早。

「感覺也不是去了廁所呢。」

「呵呵。今天我醒得很舒服，剛才去做了早上的訓練。」

「什麼訓練嘛。也不知道今天開始會有什麼課題等著我們。我無法贊同你浪費體力呢。」

就算啟誠勸告他，他也不是那種會把話聽進去的男人。何止如此，他還露出笑容反駁。

「就算是剛做完訓練，我依然維持著和普通人差異懸殊的體力，所以不需要擔心。再說，假設關於體力消耗上，你沒辦法贊成的話，不是就該在昨天的階段先提醒小組這點嗎？」

「那是因為……我根本沒想過你居然會做訓練。」

「不不不，就只有你，那種說詞可是行不通的喔。我記得以前在遊輪上，你曾經和我同一間寢室。我是總不會缺少訓練的男人，這至少有留在你記憶中的一隅吧？」

「你連這種事都不記得，就沒什麼好說的了。」高圓寺吐出了這種話。

「不要老是給我得意忘形，高圓寺。」

石崎應該並不是要護著啟誠，不過他站到了高圓寺的面前。從決定小組負責人的那件事到現在，高圓寺都貫徹了自我。

小組裡會出現強烈的反彈也情有可原。他大概已經被當作是危險分子了吧。

現在沒時間了。我想避免第一天就遲到。

原本像是平田之類的人就會這樣判斷，然後順利地帶領小組。

不過，如果沒有明確領袖的小組，便不會發展成那樣。

「你也是時候在這邊答應會幫忙我們了吧。」

「答應幫忙是什麼意思？你才是呢。你就有對這個臨時小組抱著忠誠心一般的情感嗎？看起來實在不像是那樣耶。」

「我也不想合作啊。」

石崎環視附近。其中的最大理由就是我了吧。他的視線不由得停留在我這邊。

「你是因為我們是A班，所以才覺得很不爽嗎？」

正好下床到我隔壁的橋本替我接下了那視線。

「呿。才不只是A班，全部都是。」

石崎這麼概括，重新面向高圓寺。

「你跟Red hair同學很像，好像正在走著不良之路呢。看著是很令人愉快，但直接有瓜葛就會讓人很厭煩呢。與其管我，你應該要趕緊前往集合地點吧？在你暴露出自己有多麼無能之前呢。」

唯一可以掌握情況的是高圓寺，這點就狀況上來說也很火上澆油。被講了煽動般的話，石崎

顯然被激起了怒火。

「你膽子可不小啊！」

石崎喊道。啟誠因為高圓寺說的這番話才察覺這點，他看了時鐘之後很慌忙。

「距離集合不到五分鐘了。要起糾紛也是之後再說。」

「無所謂，遲到都是這傢伙的錯！」

一點點的水已經無法澆熄石崎的怒火。倒不如說，大概還助長了火勢吧。

啟誠可以洞察一定的狀況，而且也可以做出發言。不過，他無法體察對方的心，做出包容對方的那種行為。

「真是腦袋簡單。你就是因為這樣才掉到D班的吧。」

這次換彌彥說出猶如進一步投下燃料的發言。

此外，B班學生則是屏氣凝神，等待狀況平息。

「真悲慘。這種小組走不走得下去呀。」

我隔壁的橋本嘆著氣，悲嘆著這狀況。

「唉，沒辦法了嗎？」

橋本這麼說，我還以為他會繼續當旁觀者，他卻用拳頭敲了敲床鋪的木製部分。

除了高圓寺以外，所有人都對那聲音有反應。

「冷靜點。我不會說起糾紛互毆不好，但現在的時間、地點是最糟糕的吧。假如使用中的備品損壞，當然也會變成是責任問題。要是腫著臉過去也會被追問發生什麼事情。沒錯吧？」

橋本藉由人聲以外的聲響營造沉默，表達該傳達的事情。大聲嚷嚷著無所謂的石崎，也明白這不是現在該在這裡做的事吧。

「那邊的眼鏡同學，你叫什麼名字？」

「幸村。」

「沒錯，就如幸村同學說的那樣，現在沒時間了。現在要不要先把怒火收到心裡，先去集合呢？然後，如果吃完早餐後也無法平息怒火，到時再重新判斷要不要以互毆解決問題就行了。這才是所謂的小組吧？」

「……太好了呢，高圓寺。你可以稍微活久一點了。」

「哎呀，真的是太好了呢。因為我可是和平主義者。」

無論如何，真不愧是A班。雖然不知道橋本班上的位階如何，但他順利地避免情況惡化。

雖然好像仍怒火中燒，但總算是沒有發展到爆發。我們就這樣抱著那顆導火線不斷迸出火花的炸彈走出了房間。

然後，被分了組的各年級學生們集中到了一間教室裡。

人數是四十人左右。可以說就像是完成了一個班級吧。

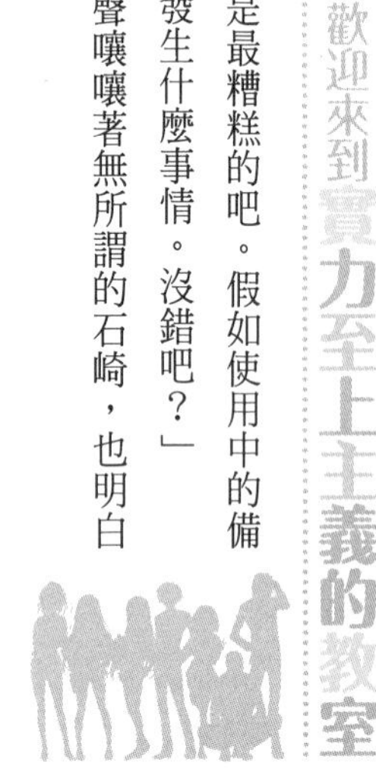

全體一年級學生簡單地和二年級、三年級道了早安。

不久，老師來到了教室。

「我是三年B班的班導小野寺。接下來點完名，你們就到外面做指定區域的清掃。之後，則會是校舍的清掃。這會是每天早上的課題。遇雨就不用做戶外清潔，但校舍的清潔就會用上兩倍的時間，因此清掃時間不會縮短。然後，今天起的課程不只有學校老師，也將有負責各式課題的人物前來。請各位注意確實打招呼、以禮相待。」

聽完這種簡短的說明，我們的小組便前去打掃了。

1

室內鋪滿榻榻米，有股燈心草的香味撲鼻而來。

眼前展開了一片讓人隱約有種懷舊心情的空間。

我們被老師帶來的地方，是個猶如寬敞道場般的空間。

好像也會和一些別組的人同時進行課題。

「今天起，早上和傍晚都要在這裡打坐。」

「我還是人生第一次打坐是也。」

在對面那側的博士無意間說出這樣一句話，但聽著那些話、負責教導這項課題的男性，卻靠了過來。

「怎、怎麼了是也？」

博士對於這也可以當成在威嚇的沉默壓力感到驚訝，他邊抬頭望著老師，邊這麼詢問。

「你那種語氣是與生俱來的嗎？還是因為老家的關係？」

「不是那樣的是也……」

「那麼，你也不是室町時代的人或江戶時代的人吧？」

「啥？當然不是那樣的是也……」

「是嗎？我是不知道你是存著什麼心態在使用，但那在這裡也會是扣分對象。你要藉此機會矯正那鬧著玩的語氣，成為一個成熟的人。」

「您、您說什麼？」

「如果初次見面的對象被你用那種語氣搭話，對方會怎麼想？還是說，我最好也從那種觀點來做說明？」

雖然不知道博士為何以那種奇妙的方式說話，但連我都知道那是刻意營造出的角色語氣。社會上……至少在嚴肅的場合上，這語氣不會受到允許吧。

那不是規則或義務，是「道德」、「禮儀」這種領域的事。

他當然也可以拒絕，說這就是自己的個性，但可以因此成功的人應該少之又少吧。

「仔細聽好。為了讓別人認同自己的存在、為了讓自己眾所皆知、為了顯示自己本身很特別，有不少人會使用沒考慮到別人的態度或者話語。不只限於年輕人，老人也常有那種事。」

導師以嚴厲的語氣勸告小組所有人。

「我不是要你們在社會上沒有個性。要表現出性格是你們的自由，但既然要出社會，就絕對不能忘記替對方著想的心情。在這裡會舉行給這種精神層面帶來影響的課程。其中之一就是打坐。藉由停止說話、動作，和組員融為一體、融入團體。顧慮對方，並且在最後做思考。思考自己是怎樣的人，以及能辦到什麼事。」

可以吧？——導師細心地用眼神這麼對博士訴說，接著離開。

「真、真恐怖是……我得注意呢。」

說不定他不會馬上改掉利用說話方式突顯角色的口頭禪，但今後博士透過反覆打坐，或許就會回顧自己怎麼會演變成現在這種語氣。

老師讓小組各自坐下，接受這房間裡的簡單說明。

在這個名為打坐堂的地方，不只是走路的時候，連站著的時候都要以左手或右手握拳，並以另一隻手包住拳頭。而且，還必須把拳頭舉到心窩的高度。這是叫做拱手的姿勢。會根據流派決定要用哪隻手包住拳頭，但在這裡應該不會受限於那些流派吧。

然後，我們還接受了另一個打坐說明。

所謂的打坐，不過是冥想之一。

不是要放空打坐，而是要進行想像。

在為了讓那些想像湧現出來的方法中，有種叫做十牛圖的東西。

那是用十張牛的插圖表示抵達悟境的路程。

我自己是第一次打坐，以前不曾體驗過。

「盤腿後，把雙腳各疊在大腿上。考試上，這個雙盤也會影響結果，所以請先盡量學會。」

「痛痛痛……真假。我只有一邊放得上去耶……」

「如果一開始做不到，也是有只疊上一隻腿的單盤。」

導師以示範形式實際展示做法。我可以順利盤腿，所以決定要雙盤。就我可見的範圍內，意外地好像很多學生都辦不到。

我不由得對高圓寺感到好奇……他正一派從容地盤著腿。他微微露出笑容，已經獨自進入禪定的樣子。那身姿勢好像沒什麼地方好挑剔，導師沒有把他提前進行下去這點視為問題。

「那傢伙有心還是做得到的嘛。」

我隔壁同樣可以雙盤的時任，這樣小聲地對我說。

「他好像不討厭這種事。我暫且是放下心了。」

「沒錯。」

雖然導師長得很凶，但若是高圓寺的話，就算他毫不畏懼地拒絕這行為本身也不足為奇。

學生們大致理解後，打坐時間就開始了。

說明也耗掉了很長一段時間，第一次打坐，就在五分鐘這短暫的時間限制上開始了。

2

早上的清掃與打坐結束，迎接早上七點之後，就來到了早餐的時間。

我們不是被帶到昨晚利用的大餐廳，而是被帶到了外面。那裡準備了寬闊的用餐空間，甚至有好幾個炊事場。已經有好幾組抵達了。

「今天會由校方提供，但明天開始只要是晴天，早餐全部會讓你們在小組裡自行製作。人數或分工方式，就請你們全體討論決定。」

「真的假的。我沒煮過飯耶。」

石崎這麼發牢騷，但如果是這種規定的話也避不掉。

我們一邊接受明天之後的烹飪方式等等的說明，同時開始做早餐的準備。

早上的菜單是決定好的，好像會發下製作方式等等資料。似乎不會有不知道該煮什麼才好的情況。

「唔呃，只有這些喔……」

伙食內容是日本早上以三菜一湯為基礎的簡單內容。

但從食欲旺盛的學生看來，也難怪會覺得不夠過癮。

雖然好像姑且可以續碗，但似乎需要各自自行準備。

「有經歷過無人島，真是太好了。比起那次，我覺得這種的比較好。」

啟誠好像有點放下心，把食物送到口中。

「要公平進行的話，各年級各輪流一次，怎麼樣？」

飯吃到一半，看起來像是三年級負責人的男人，就對南雲做出早餐輪流的提議。

「我想想。我這邊沒有異議。那就麻煩從一年級開始。」

「怎麼樣，一年級。你們有異議嗎？」

場面籠罩著沒半個人能在這狀況下說有異議的氣氛。假設剩下來的時間全都是晴天，煮早餐的次數就會是六次。這只是煮飯的順序不同，不至於要不平不滿。雖然我身為學弟不會說這是理所當然，但這件事情就算乖乖接受也無所謂吧。

「我了解了。麻煩就這樣。」

當上負責人的啟誠接受了這件事。

「要煮飯，意思是明天起床時間會是幾點呀？」

「……我想多預留時間，提早兩小時起床。」

「不行不行。」一面對啟誠的提議，石崎如此否定。因為提早兩小時，就表示過了四點就必須起床準備出門。

「就算這樣也只能這麼做了吧。要是沒做好早餐的準備就糟糕了。」

「既然這樣就給你們去做啦。我要睡覺。」

石崎平常在龍園手下沒有發言權，但在這個小組裡卻來到了上位。立場一改變，就會說出這種話，還真是有趣。被捧成擊退龍園的其中一名功臣，說不定也是原因之一。

或許是因為知道內情，我沒打算責備不斷表現出強勢態度的石崎。因為外加碰巧和我變成同一組，他的心理層面應該非常不平穩。他每次發言不只會傷到別人，還會傷到自己本身。石崎或阿爾伯特不適合領導身分或參謀，比較適合待在第三人附近的位置統籌此外的學生。實際上，龍園應該也是把他放在那種位置才對。

另一方面，啟誠或彌彥也是類似的角色。雖然沒有石崎那麼莽撞，但還是不夠格坐上引領他人的位置。我以為B班會更積極地涉入，但他們目前為止都非常安靜，一直靜靜觀察著情況。除了神崎或柴田之類的部分學生，說不定其他人比我想像中還被動。

這麼一來，橋本果然就是其中最適合統籌小組的人。A班的地位高度以及洞察狀況的能力，還有可以在一定程度上考慮過對方再發言的特質，對小組而言可以說都是關鍵。不過，我感覺不到他有意思主動率領小組。

3

用完早上簡樸……不，是健康的餐點後，正式的課程就開始了。大組的所有人都被集中在一間比起高度育成高中的還大一點的教室。結構或許很像是大學教室吧。規則上沒有固定的座位順序，要坐誰隔壁、要占什麼位子都可以。幾乎必然會變成同年級的小組集中在一起。

雖然也可以自己坐在教室的角落，不過那樣一來就會受到其他年級的注目，視情況也有可能會遭到警告。二年級或三年級的小組好像都還沒來，我們一年級似乎有選擇地點的權力。

「這種情況……坐前面還是會比較好嗎？」

「不。不要坐著等他們，麻煩才會比較少。我們應該等學長們坐下，再坐到空位上吧？」

啟誠好像想要避免隨心所欲占了後面的座位，導致事後惹人怨的風險。

「你別亂來喔，高圓寺。因為你很有可能會自己去坐在任意的座位。」

「我是覺得既然座位是自由的，就應該隨意坐下。」

雖然他那麼說，但好像還是沒有做出任性地往某處坐下的舉止。他似乎也不是會無意義地違反所有規則的男人。高圓寺多半都會乖乖上平時的課程，他心裡在那方面也是有自己的規則吧。

「你們好像很辛苦呢，一年級。」

二年級的其中一人看見這樣的我們，就前來搭話。

「如果你們在傷腦筋的話，要不要我來幫忙？」

「不，沒事的……」

面對年長者來解圍的這份壓力，啟誠微微地低著頭。

「唉……為什麼我就得當負責人啊。」

回答每個和二年級、三年級的對答也變成是要由負責人來進行。

因此，他好像承受了太多的壓力。

就這樣放著不管……說不定就會是時間問題了。

4

該說中午開始就是體育課嗎，我們開始培養基礎體力。根據說明的話，主要會是長跑，學校說最後一天也預定會舉行道路接力賽。這應該會是考試項目之一吧。好像會在操場上練習好幾天之後再上路。

「呼、呼。」

啟誠的呼吸紊亂。

早上開始就有許多要耗費到體力的項目，他好像正在苦戰中。

若是讀書那一類的知識層面，我還可以給他建議，讓他得到幫助，但如果是要基礎的體力才管用的內容，我也就只能看著而已了。

另一方面，好像也因為石崎或阿爾伯特是不抽菸的不良少年，他們比普通學生還更有體力，很容易就完成了課題。

「……我從早到現在都在做分析呢。」

總覺得，我自己現在的狀態好像也很疲勞。

我自己活不活躍另當別論，這應該是因為我抱持著想先提昇小組水準，為了不變成候選的脫隊小組的心態吧。

如果拿到最後一名，未達校方設定的及格門檻，啟誠就會受到退學處分。他選我陪葬的可能性極低，但也不是絕對不可能。我也可能因為無視他正在辛苦，沒有伸出援手而得罪他。

要控制在不會收到召集令的程度上做出最低限度的支援嗎？還是要讓小組上軌道而採取一定的動作呢？

還是要祈禱他們自發性解決，繼續靜觀下去？

我腦中馬上就剔除了靜觀的選項。

今後高圓寺的存在恐怕也會變成不安要素。我還是提前行動好了。

我放慢速度，跟在後方悠閒走著路的高圓寺會合。

就算我靠過去，高圓寺也完全不望向我。

只要我不敲門，他好像就完全不會從自己的世界裡踏出半步。

「欸，高圓寺。你待人就不能再溫和一點嗎？」

「你是指對小組嗎，綾小路boy？」

「嗯。其他學生都很混亂。不是任何人都像你一樣厲害。」

「哈哈哈，我確實是獨一無二的存在。但即使如此，你就不覺得跟那些不三不四的人統一步調，簡直是愚蠢至極嗎？」

「誰知道……我也不知道什麼才是正確的……」

「你想怎麼做？」

「我是希望小組可以留下一定的成績。我想避免退學。」

「如果你這麼希望的話，就只能由你去奮戰了吧？」

「我就是姑且有那個奮鬥的打算才來找你搭話。」

我們兩人的腳踩在操場土壤上的聲音傳了過來。

高圓寺好像立刻重返了自己的世界，沒有回話。

果然不行嗎？

半吊子的威脅或懇求，對高圓寺都沒意義吧。

看著他至今的校園生活，那點事情我還知道。

就算是全體學生或老師來說服，只要他自己覺得ＮＯ，就會ＮＯ貫徹到底。

他就是那種人。

課程內容可能也因為是第一天，長跑練習在體力上讓人感到很辛苦，不過其他課程都是這間學校的說明，或接下來的一星期會舉行的事情。大部分時間都耗在那類說明上。不過，接下來要學習的就會是掌握「社會性」的課程，當中這點也變得很明確。

就算提到社會性，一年級的學生應該也沒什麼想法吧。高年級生表現出沉穩的態度，一兩年的經驗差距好像也實在是無可奈何。

「唔唔……」

下午最後的課程——打坐結束了。啟誠當場倒下無法動彈。

「你沒事吧？」

第一天以打坐作結。

「雖然我很想說沒事，但我腳麻了……等一下。」

看來這課程內容對啟誠來說好像比想像中還要困難。他大概兩分鐘都僵著不動，忍耐並等待著腳麻消退。其他學生之中，石崎打坐上好像也不太順利，他將身體向前傾，痛苦地扭曲著。

「可惡，吃完飯我要泡澡，要泡澡！幫我一下，阿爾伯特。」

沉默地靠過來的阿爾伯特，抓著石崎的手臂，把他拉起來。

「唔呃呃！就不能溫柔一點拉我起來嗎！放開我！」

石崎咚的一聲倒在地上。

「呃呃呃！」

看見那樣的互動，我不禁覺得好像有點有趣。

但小組裡的其他學生只把石崎他們當作麻煩人物。

因為啟誠也無視了他們，打算離開教室，於是我就故意停下腳步。

「還真是些有趣的傢伙呢。」

我刻意那麼說，吸引啟誠的注意。

「清隆，最好別理他們。他們只是在耍蠢，不想被他們盯上的話，最好不要太直盯著他們看。」

啟誠遮住我視線似的這麼搭話。

「就算不至於像須藤那樣，但石崎也是先動手再動口的類型。視情況，他們也可能會重蹈龍園的覆轍。」

「雖然是那樣說，但畢竟我們同組。對方應該也會接受一定的接觸吧？」

我指著他們。在前方發現我們動向的石崎瞪了過來。雖然啟誠有一瞬間很害怕，不過石崎帶著阿爾伯特立刻出了道場。

「對吧？」

「……想不到你還真大膽耶，清隆。」

實際上這是因為我知道石崎他們一切的內情，但我想先間接地告訴他在這邊太在意他們會是一步壞棋。既然啟誠是負責人，就有必要在一定程度上控制住別班的學生。

「啟誠，在這所林間學校裡，我們說不定會需要更上一層樓。」

「更上一層樓？什麼意思？」

「意思就是說，我們也需要和石崎或阿爾伯特打好一定的關係。」

「那實在太胡鬧了。我們確實同組，但根本上來說彼此是敵人。不管怎麼做都不可能親近。這又不是最後的特別考試。」

沒道理變得要好。啟誠這麼斷言。

我剛入學時也是那麼想。事實上，這所學校也正在強迫我們做這種戰鬥。

然而，我最近也會開始思考是不是有此外的方式。

「學生會的南雲會長，好像就跨越班級隔閡和大家都很要好。」

「那是——該說是領袖魅力嗎？因為他是特殊的人物。我沒有那種才能……不，這是別班的任何人都學不來的吧？首先，南雲學長的做法到最後是否管用，到畢業為止都不會知道。雖然我不知道你有什麼想法，可是即使和睦相處，最後笑著的只有決定會在A班畢業的學生們。其他班級只有哭的份。」

啟誠說完，就離開了道場。

6

在我用完晚餐，打算先行一步回到房間的時候。

走廊好像起了一點糾紛，我發現幾名男女聚集了起來。

「抱歉抱歉，妳沒事吧？」

「嗯……別擔心。」

我們班的山內一臉抱歉地把手伸出去。跌倒的好像是一年A班的坂柳有栖。坂柳沒握起山內的手，打算自己起身。

她好像無法靠自己的力量站起，而抓住了倒下的枴杖。接著把背靠在牆上，同時慢慢地站起。雖然是跌倒再站起的短暫時光，但在受周圍注目的這個情況中，對坂柳來說大概是段非常漫長的時間吧。山內好像不太自在地收回了手，然後留下一句話：

「那麼，呃，我走了喔。」

「嗯。請別放在心上。」

坂柳露出一絲笑容，就從山內身上移開視線。

男女生都對沒有釀成騷動而放下心，接著漸漸四散。

「哎呀，雖然小坂柳很可愛，不過還真笨拙耶。」

山內絲毫沒在考慮是因為自己不謹慎才撞上的可能性。

「妳沒事吧？」

因為無意中對上眼神，所以我就靠近坂柳向她搭話。

「謝謝你特意為我擔心，但這沒什麼。」

「我待會兒會稍微說說他。」

「畢竟他也不是故意的，我頂多只是因此跌了一跤。」

坂柳這樣說完，就輕輕一笑，但眼神中完全沒有笑意。

「那麼，我告辭了。」

好像是因為小組不同，總是待在她身邊的神室不在。

女生正在進行怎樣的戰鬥，現在的我無從得知，而且也沒有興趣。

但離開到一半的坂柳卻停下腳步，回過頭來。

她是發現了我剛才在看她嗎？

「我想起有件事要和綾小路同學說。」

她喀鏘地敲響拐杖，浮現了淺淺的笑容。

「Ｂ班確實是個團結力很強的班級。這可以說是因為一之瀨同學至今為止都竭盡所能地在回應夥伴的信任吧。不過，我在想——如果太過信任她，不知道會怎麼樣呢。」

「這話題好像跟我無關耶。」

不過，坂柳卻毫不介意地繼續說下去：

「以前曾有過這種傳聞。她擁有大量的點數。她目前也沒有在特別考試上立下功績，卻擁有需要受校方調查的點數，老實說我對此很驚訝。可是，通常來說賺得到那種點數嗎？她恐怕是在當金庫管理員吧？」

「誰知道。知道那件事的就只有一之瀨本人或同班同學了吧。把這種事情講給我聽，有什麼意義？」

「我想說的……就是把個人點數交給她保管，這真的好嗎？例如自己本身因為失誤而陷入絕境時使用那些大量的點數保護自己，或在救助同學上使用聚集而來的點數，這恐怕不會受到任何人責備吧。畢竟那也可以說是為此才設置的金庫管理員。」

「恐怕就是那樣了吧。」

「不過……如果她把那些鉅額的點數任意地為了快樂而使用，那種行為作為詐欺，校方說不定也會有所行動。」

不論如何，那些話都不該對我說，而是該說給一之瀨以外的B班學生。如果她真的在當金庫管理人，有權利表示不平不滿的，就只有交給她保管的學生。

「雖然我不覺得一之瀨會為了自我滿足而花掉個人點數。」

「嗯，說得也是吧。至少現在大概任何人都還沒懷疑。」

總之，她是想說今後會有懷疑她的人出現嗎？

「我很期待這場考試結束回到學校之後呢。」

坂柳是大略上隨自己的意說完而感到滿足了嗎，她頭也沒回地就走掉了。

7

在距離晚上十點熄燈時間剩下大約一小時的共用房間裡，大家都沒特別說話，度過了一段寧靜的時光。變得要好的契機，真是意外難尋。

就算突然和別班的某個人攀談，可能也會出現像是「幹嘛啊，欸，原來你有打算努力應考喔」的這種氣氛，所以很難搭話。要是有人可以主動製造話題就好了，但那實在無法期待。

這種時候，房門被輕敲。好像有訪客。

「這種時間會是誰呢？」

大家似乎都完全沒特別聯想到什麼，而一臉不可思議地看著房門。

「說不定是老師呢。」

石崎不感興趣地說。確實有那種可能性。啟誠撐起上半身，詢問門口那邊的人是誰，同時邁出了腳步。

其真面目是讓人相當意外的人物。

「還醒著嗎？」

「南雲會長，請問有什麼事？」

「作為同組的組員，我是來看看你們狀況的。我可以進去嗎？」

他那麼一說，應該沒有一年級有勇氣拒絕吧。啟誠馬上就答應，然後把南雲帶到了房間裡面。看來他並不是獨自過來的，副會長桐山以及兩名三年級學生也一起過來了。那是名叫津野田的B班學生，另一名也是B班學生，名為石倉。南雲一進到房間就環顧周圍。

「房間構造好像果然和學長們的一樣呢。」

南雲滿臉笑容地向石倉搭話。

「好像是這樣呢。所以說，你把我們帶到一年級的房間，是打算怎麼增進情感？」

面對南雲被石倉那麼問及，無法理解情勢的啟誠問了南雲：

「增進……情感嗎？」

「我說過了吧？說過我是身為同組組員來看看情況。這所學校電視、電腦、手機都沒有。老實說沒有像樣的娛樂。但也不是完全沒東西可玩。」

南雲說完，就從外套的口袋裡掏出一個小小的盒子。

「撲克牌嗎？」

「你大概會覺得這年頭居然還玩撲克牌。但在這種合宿裡，這可是經典中的經典。」

南雲在空著的地方隨意坐下。

然後把未拆封的盒子上的膠帶撕下來、拆封。

「也請學長坐下。雖然對一年級的很抱歉，不過因為沒空間，你們就待在床上之類的地方吧。」

南雲這麼說，阻止打算下床的一年級生。

「我不幹。」

津野田這麼拒絕後，就立刻轉身離開。

「別這麼說，我們來玩吧。畢竟或許也會出現只有在這邊才能聽見的話題。」

津野田被勸留，就一副無可奈何地坐下。石倉也接著坐了下來。

「為了炒熱接下來的遊戲，我打算賭點什麼東西，如果你們有好點子的話，我想要募集意

見。」

因為對象是年級較高的學長而緊張的一年級生，都沒有立刻提出點子。不知道面對學生會長可以說到什麼程度，應該也有很大的影響吧。南雲當然知道一年級生很畏縮。

「不是決定好早餐的值班了嗎？把那項決定回到原點，並且在這場賭注上決定，怎麼樣？假如不停連敗的話，最壞的情況就是直到合宿的最後都要值班負責餐點。反之，只要沒輸掉的話，就不用值班負責餐點了。」

「喂，南雲。那不是該由小組全體討論的事嗎？」

石倉要求暫停。

「這不過是早餐的值班。就給我這點通融嘛。」

正因為擔任這所學校的學生會長，即使面對學長，他講話也毫無顧忌。

對照之下，三年級生面對南雲好像也無法太強勢。這應該是因為知道他和堀北學之間的對決，所以覺得貿然介入會打亂場面吧。

「我知道了。就用撲克牌決定吧。」

「我們那樣也沒問題，對吧？」

啟誠有點客氣地這樣詢問在這房間裡的一年級生。石崎或橋本等人都同意般地輕輕點頭。我還有剩下的學生慢了點也點頭同意。

除了唯一的高圓寺。

「高圓寺，你反對用撲克牌決定嗎？」

明明無視就好，南雲卻刻意跟高圓寺搭話。這或許和白天在體育館那時的對話有關。

「我既不贊成也不反對。畢竟多數決的答案好像也已經出來了。」

「這不是數量問題。我希望你告訴我，你是怎麼想的。」

「那麼我就回答你吧，學生會長。我對這些對話一點興趣也沒有。我連贊成或反對都沒在想。這樣你滿意了嗎？」

高圓寺的發言好像又可能引起問題。

但南雲卻愉快地笑著，對高圓寺說出一句讓人意外的話：

「要不要加入學生會呀，高圓寺？我很想把你這種有趣的傢伙接進學生會。因為根據我聽說的，你的學力和運動神經都相當好。」

包含三年級學生在內，在這房間裡的所有人都很驚訝。不，就只有高圓寺的表情沒有變化。

「真不湊巧耶。我對學生會之類的沒興趣。」

「我想也是呢。所以我只會先說隨時歡迎你，如果你對學生會有興趣，隨時都可以來找我。」

南雲好像從一開始就不覺得高圓寺會馬上答應。

「那麼，就開始打牌吧。」

南雲把視線從高圓寺身上移開，再次這麼提議。

「撲克牌的內容要決定玩什麼？」

「我想想。簡單玩抽鬼牌就好了吧。最後抽到鬼牌的人算輸。各年級各派兩人參加，全部六場比賽。」

我對撲克牌遊戲並沒有非常了解，但如果是抽鬼牌的話，連我都知道。

「參賽學生的替換都是自由的。不過，請別在遊戲中替換。」

南雲這麼說完，就開始洗牌了。

他洗完牌，接著把牌傳給三年級生。為了避免被動手腳，當然也有傳給了一年級生。啟誠一面洗牌，一面尋找另一名願意參加的學生。因為沒任何人願意參加，橋本好像就無可奈何地舉起了手，然後從床上下來。

8

於是，含一年級到三年級生在內的抽鬼牌比賽便開始了。

如果要做早餐的話，就必須早起。因為各年級預定會輪流兩次，所以如果抽鬼牌能以五勝一敗熬過，算起來就會賺到。最差也可以四勝兩敗。

「安靜地比賽也沒意思。一邊隨意閒聊著玩吧。」

南雲這麼提議。

他接下啟誠洗好的撲克牌，就把牌發了下去。

「第一次由我發牌，但第二次開始就要由輸家負責收牌，然後洗牌、發牌。」

參賽者對此無異議地點頭。

來到這間房間之後，南雲就完全沒看過我一眼。雖然寒假中有接觸過我，但意思應該就是南雲基本上沒把我這種人放在眼裡吧。

「另外，沒參加遊戲的一年級生，你們可以隨意打發時間。要是因為面對學長感到緊張，也會影響到明天的。」

儘管他這麼說，但我們還是無法像剛才為止那樣自由自在。高圓寺倒是毫不介意地在睡覺就是了……

人在下舖的我，漠然地決定繼續觀戰。

「就算是遊戲，也不能輕易輸給一年級生喔，學長。」

「很不湊巧，我運氣不算很好。受到過度的期待也很傷腦筋。」

「沒問題啦，因為我覺得學長們比較強。你們沒弱到會在第一局或第二局就輸掉。」

雖然這是不知會如何發展的卡牌遊戲比賽，南雲卻自信滿滿。

第一戰順利地進行。遊戲也來到了中盤。

「出完了。」

三年級的石倉成功拿出所有手牌。接著副會長的桐山，還有第三名的南雲也都脫離了遊戲。二年級很快就已經決定勝利，變成一年級生很有壓力的發展。

「結束。」

橋本對三年級生行禮似的拿出兩張數字湊齊的撲克牌。這下子剩下的就是啟誠和三年級的津野田。

雖然是遊戲，氣氛卻有點凝重，不過他們還是努力地冷靜進行。

啟誠手邊有兩張牌，三年級生的手邊有一張牌。總之，鬼牌是由啟誠拿著。只要三年級生抽到鬼牌，啟誠也有勝算吧。

但……津野田煩惱到最後選擇的牌卻中了正確的那張牌。

「好，這樣就結束了。」

「我輸了。」

第一局是啟誠輸了，決定一年級要負責第一次的早餐準備。

「冷靜點吧，輸個一兩次也沒什麼大不了。」

橋本鼓勵人似的對啟誠說。

啟誠點頭回應，但他好像還是很抱歉自己不小心輸掉。

「我剛才說過了吧，輸掉的傢伙要收牌並重新發牌。」

萬一下次輸掉——他說不定正在想著這種事。

「不、不好意思。」

忘了職責的啟誠連忙將撲克牌集中起來。

第二局隨即開始。從我的視野可以看見三年級生其中一人的手牌。其中也有鬼牌的圖案。鬼牌直到遊戲中盤都一直留著，不過以某個時間點為分界，就移動到其他學生身邊了。

然後……最後剩下的兩人，是桐山與啟誠。

面對連續兩次的一對一對決，啟誠好像即使不願也會情緒激動、覺得緊張。而且從剩下的手

牌數量看來，可以知道鬼牌就在啟誠的手上。雖然二年級的桐山煩惱，但仍慢慢伸手抓了卡牌。啟誠忍著不讓表情垮掉，但他看著被抽走的卡牌，接著就微微低下了頭。短短幾分鐘，就確定了一年級生的連敗。

在旁守著這狀況的彌彥，像要跟啟誠替換似的前來示意。

「或許換人會比較好呢。」

隨著南雲這樣的一句話，啟誠便乖乖決定交棒給彌彥。

「我不擅長這種遊戲，抱歉，麻煩你了。」

背著連敗責任的啟誠，好像在稍後方守望著一年級生的戰鬥。

彌彥在學長們面前當然也很緊張吧。但好像也是因為他平常就把葛城當作年長者看待，所以看起來比較沉著。

話雖如此，這對抽鬼牌的勝負也許不會有那麼大的影響。

我不太清楚實力在這款遊戲上會造成多少影響，但應該會需要不抽到鬼牌的強運吧。

「我覺得也該把勝利讓給一年級生了呢。」

南雲好像也因為連勝而有點不好意思吧，他說出了這種話。

「對了，石倉學長，最近社團怎麼樣呀？」

「你對籃球沒什麼興趣吧？」

「沒那回事。雖然沒有足球那麼有興趣就是了。」

「今年一年級有動作很敏捷的學生加入了呢，說不定明年會很值得期待。因為我們今年沒發揮出成績。雖然我身為隊長，這實在是慚愧至極。」

一年級裡有好幾個人隸屬籃球社，但動作敏捷的一年級生，十之八九就是指須藤了吧。須藤的努力，好像就連要引退的三年級生都很器重。

「那還真令人期待呢。」

「你好像只專注在學生會上。對足球沒有留戀嗎？」

「畢竟我不是以職業為目標，不管在哪裡都可以繼續踢足球。只是因為在這間學校當學生會長比較有吸引力喔。」

「要努力經營學生會是可以，但我覺得去和堀北找架吵有點問題。」

「我認為自己沒有找架吵。想被以前憧憬的學長認同——我只有那種單純的想法。」

石倉看了南雲一眼，就立刻把視線移回撲克牌上。

「這次是我第一。」

石倉順利地丟掉手牌，以第一名勝出。

「湊齊了。」

隨後，彌彥好像也湊齊了撲克牌，他高興地把最後兩張擺在場面上。

一年級要贏的話，橋本也必須獲勝。

雖然順利減少了手牌，但到頭來重要的還是鬼牌的下落。

「好耶。」

順序第三的二年級學長把牌都打光之後，橋本配合對方似的也出完了牌。

「哦，一年級的首勝好像定下來了呢。恭喜啊。」

「謝謝你，南雲學長。」

留到最後的是學生會長南雲以及三年級的津野田。但占優勢的是南雲。勝利將以二分之一的機率決定下來。

「那麼，我要先抽牌了。」

說完，南雲就毫不猶豫地抓住右側的撲克牌。

但他抽到的是鬼牌。

「不好意思啦。」

三年級的津野田從南雲遞出的兩張牌中，挑了和南雲相同的右側。

「分曉了呢。」

結果，南雲手邊留著鬼牌，確定了二年級的敗北。

「被你打敗了呢。那就來比第四局吧。」

南雲沒有特別不甘心，開始做起第四局的準備。

「畢竟一年級生也拿到了首勝，再讓他們輸一下好了。畢竟你們身為學弟，我也很想讓你們接下我們的職責呢。」

南雲說完，就開始發牌。

石倉在發牌期間這麼說完，便環視一年級生。

「我記得須藤是D班。這當中有誰是D班學生？」

「啊，我們和須藤是同學。」

啟誠看著我，一邊這麼說。然後就立刻做補充：

「不過，我們這個月晉升C班了。」

石倉平常應該都沒在關心其他年級的狀況吧。啟誠這麼說完，石倉就一臉驚訝地表示佩服。

「從D班晉升到C班了嗎？那還真厲害耶。」

「雖然今年的D班好像入學後馬上就花光了班級點數呢。」

「這樣還升上C班，真是幹得漂亮。你們和B班有多少差距？」

石倉這樣問完，就自己阻止了打算回答的啟誠。

「你就忘了我剛才的話吧。這裡是聚集所有班級的小組，我還打算帶來多餘的導火線，真是抱歉。」

他這樣賠不是。這話題確實不該在這裡聊。這對被超前的石崎他們D班以及B班來講，都不是個令人開心的話題。

到頭來，一年級幾乎沒參加對話，話題以南雲與三年級生為中心進行了下去。

第四局，在六個人中有四人丟光牌了之後，南雲便喊了暫停。

「剩下的是一年級的兩名嗎，不用分出勝負也沒關係吧。」

不管是哪邊獲勝，都一樣是一年級的敗北。彌彥和橋本把剩下的手牌放到牌組上。

雖說讓南雲率領的二年級生輸了一次，但這下子一年級生就是三敗了。

一開始決定的早餐負責次數是兩次。那個次數因為這場抽鬼牌，而確定會增加了。如果下次輸掉的話，就會更是加重負擔。

「讓我換人吧。」

橋本徵求其他一年級學生，並且退出遊戲。

在這個敗北的氣氛中，應該很少一年級生會想參加吧。

「我不想花時間在無謂的事情上，誰都可以，來加入遊戲吧。那邊的那位。」

南雲看見觀戰的我，就對我招了手。

我當然很想拒絕，但這種氣氛實在無法那麼做。

不管是故意把我叫出也好，隨便指名也罷，我都應該接受吧。

「抱歉啊，綾小路。交給你了。」

「好。」

一年級之中已經有三個人參加了。我就算被選中也不足為奇。而且，這只是遊戲，只會很平常地玩遊戲、很平常地分出勝負。

在替換的同時，彌彥拜託我洗牌。

我邊洗牌，邊以不熟練的動作發牌。

「那麼，這下就是第五局了。我也差不多想讓三年級也吃敗仗了呢，加油啊，一年級的。」

南雲這樣激勵人。

我掀開齊全的手牌，確認自己的狀況。然後，當然湊齊了好幾張數字相同的牌，但鬼牌也來到了我的手邊。只要不設法把這張推給二年級或三年級，我就沒有勝算。

我對撲克牌不熟，不過有件事讓我很好奇。在這層意義上，最先拿到鬼牌說不定是件好事。遊戲在確認完畢的同時開始進行。遊戲進行了第二輪、第三輪，但我手邊的鬼牌卻沒有要被抽走的跡象。就算學長的手指偶爾會抓住鬼牌，但也馬上就會放開。

但第五輪，鬼牌總算從我的手邊離開了。不小心抽到的學長，眼神有一瞬間看著我。但馬上就故作平靜，進行遊戲。

這次最先打完的是彌彥，然後同樣是一年級的我則是第二個打完牌的。

「是一年級勝出嗎？或許情勢改變了呢。」

結果，最後留下來一對一的是三年級的兩個人。

意思就是這發展就如南雲所願嗎？

剩下一局。我身為一年級，會想要避免更多的敗北。

「接著就是最後一局了呢。」

「我發嘍。」

石倉打算洗牌時，高圓寺對南雲搭了話。

「南雲學生會長。」

「幹嘛，高圓寺。你事到如今才變得想參加嗎？」

「我產生了一點好奇心呢。你認為最後一局的結果會變得如何？」

南雲對他自以為是的用字遣詞毫不在意，只去理解內容。

「變得如何嗎？」

南雲看著被發下去的撲克牌，環顧一次參賽者。

「就算是遊戲，也是高年級生比較有經驗。一年級輸掉的可能性不低。」

他這麼答完，高圓寺好像就心滿意足，於是就笑著閉上眼睛。

在場的大部分學生恐怕都沒有理解高圓寺這疑問的意圖吧。

理解狀況的就只有高年級生。

我很煩惱要不要比這場比賽。

如果我參賽只仰賴純粹的運氣，就幾乎確定會輸掉。

然而，只要採取避免那點的行動，說不定就會被南雲盯上。

我確認被發下的撲克牌。

當中混了一張為了獲勝就絕對必須捨棄的卡牌。

代表著敗北的鬼牌。

「從一年級來看，你們會希望在三敗止步。但四敗也是非常有可能的呢。」

南雲說出讓人不覺得是偶然的一句話。

順時針開始的最後一局。撲克牌漸漸從場上兩張兩張地消失。

再一兩分鐘後，就會分出勝負了吧。

9

「抱歉啊，一年級的，我要先贏了。」

最先打完牌的是津野田。接著桐山也出完了牌。

還留著兩個一年級生，還有各一個二年級、三年級生——南雲跟石倉這兩人。

鬼牌一直在我手上。

結果，我放棄了勝利。

我沒有特別使出什麼招數，默默地進行遊戲。

彌彥出完了牌，他撫胸鬆口氣地吐了一口氣。

在那之後石倉也出完牌，終於變成了和南雲一對一對決。

「綾小路，你看起來好像沒有很樂在其中。」

「也不是那樣。我只是情緒很難表現在臉上。」

「是嗎？你的臉色從一開始就看起來很差，鬼牌一直在你手上嗎？」

南雲的發言不奇怪。

因為是一對一對決，如果自己手上沒有鬼牌，當然就會知道那點。

「或許如此呢。」

要回嘴也很麻煩，所以我就順著他的話。

因為我知道南雲想引出的並非這類話語。

簡單來講，他想從我身上引出像高圓寺那樣的發言。

我默默遞出兩張撲克牌。

一邊是鬼牌，一邊是南雲可以成功配對的那張牌。

南雲八成會抽起對的那張牌。不，我看不懂他這表情是什麼意思。

南雲露出笑容，同時伸手。

然後——

「太好了呢，綾小路，你也出現一條活路嘍。」

南雲抽起鬼牌。

「還真稀奇呀。我以為你會抽中對的牌。」

石倉在一旁對南雲這麼說。

「因為撲克牌終究還是要靠運氣呢。我該輸的時候，還是會輸。」

他用雙手洗了一次牌，接著向我遞出了兩張牌。

「來吧，選一邊喜歡的。」

旁觀者來看，這只是單純的二分之一。但實際上這場遊戲並不是那樣。

雖然這是從未開封過的撲克牌，但南雲在最初負責發牌工作時，就在鬼牌做上記號了吧，卡牌被動了手腳。附上乍看之下不會發現的那種小記號——原本不可能會發現。

我能發現這道謎，是因為他那謎之預言般的命中率。

至今五場比賽的所有結果，南雲在比賽結果出爐前就猜中了。當然，因為這裡也摻雜著渾然不知的一年級生，所以這並沒有確實性。所以他才會含糊其辭地只猜中勝率高的隊伍，以及勝率低的隊伍。但發現了這個詭計……不，是被說了這些話的高年級生們，就會壓倒性地占有優勢。

不論如何，這都是件讓人很不舒服的事。

從我這邊看過去的右側撲克牌，那裡附上了鬼牌的記號。

這不是急忙趕製就可以附在其他牌上的印記，所以不會有錯。

如果我在此抓住不是鬼牌的那方會怎麼樣呢？答案很簡單。

他也無能為力。我只是在二分之一中抽中而已。

「就算想也想不透，就讓我隨便抽吧。」

我說完並且打算伸出手時，南雲就一度收回了撲克牌。

「想過再抽牌吧。」

「我倒是覺得這不是可以想透的事。」

「就算這樣，你還是要想。」

他半強迫似的讓我思考。

「我知道了，我想想看。」

說完，我就注視著撲克牌。

當然，我已經沒在思考撲克牌的事情。

維持兩秒的沉默後，我朝著對的那張牌伸出手。

「我喜歡右邊，所以就抽右邊了。」

我找了隨便的理由。南雲這次沒阻止我。我手邊有最後一組成對的牌。

「我先出牌了。」

我這樣說完，就把成對的兩張牌疊上去，宣告自己出完了牌。

「你輸了呢，南雲。」

「是呀。原本就是負責兩次早餐，沒關係。」

他這樣說完，就把四散的一疊卡牌收集起來。

「也算是很有趣呢。說不定我和石倉學長果然很合得來。」

「……不好說吧。」

石倉敷衍了南雲好意般的發言，就走出房間。

「早餐的順序就依序從一年級開始處理，可以吧。明天開始就麻煩了。」

「好、好的。今天真是謝謝你。」

啟誠向南雲答謝。

收完撲克牌的學長起身離開一年級的房間。

「是說，這根本就不成交流嘛。」

我也了解石崎會這樣發牢騷。

結果，這只是一場稍微增加一年級負擔的遊戲。

敗北的預感

停留在這所林間學校的期間，原本在校園生活中是假日的星期六，也依然要上課。

但雖說是上課，課表也跟平日有點不一樣。

上午被稱作課程的時間結束後，後面都會是自由時間。

星期四開始的特別考試也已經來到了第三天。小組裡開始出現了不合的聲音。是從清晨五點過後開始的。

「啊啊啊，有夠睏的！」

石崎在校舍旁的戶外炊事場這麼喊道。

「這點大家都一樣。啊，喂，為了不弄錯味噌的分量，你就使用磅秤吧。」

啟誠翻著老師交給我們的印著早餐用菜單的紙張，同時這樣忠告他。

「囉嗦耶。說起來，為什麼連我都得參加煮飯啊。」

石崎邊動手讓味噌融化，邊不停地罵道。

「有什麼辦法。要是人數沒湊齊的話，可能會變成要被懲罰。」

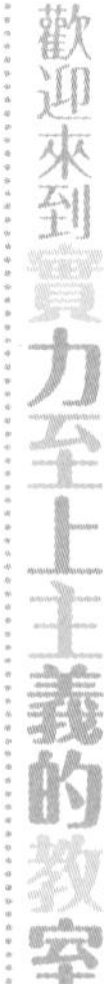

「關我什麼事，可惡……啊。」

「剛才的『啊』是怎樣？」

「……沒什麼啦。」

「應該是有什麼吧。你手上拿著的鹽巴去哪裡了！」

「全加進去了。」

看來石崎負責的味噌湯被加入了大量的鹽巴。啟誠連忙關火，嚐嚐看味道。接著就猛烈地嗆咳。

「加太多了，咳！根本不能喝……」

要是拿那種味噌湯款待高年級生，應該會遭受到嚴厲的責備吧。說起來對身體也很不好。

「只能重煮了呢。」

「別開玩笑。如果要重煮的話，就由你從頭開始做。是說，高圓寺咧？」

「我怎麼可能知道。」

「你們同班耶。」

橋本無視因味噌湯事件而吵嚷爭執的兩人，他在卡式瓦斯爐上靈巧地操作平底鍋，成功做出煎蛋捲。

「手還真巧……」

「因為我一直都是自己煮飯。」

橋本這樣說，一點也沒感到自豪，俐落地繼續烹飪。阿爾伯特默默靠向這樣的橋本。他手上端著碗，裡面放著打好的蛋。

「謝啦。如果可以的話，切菜也麻煩你了。」

儘管阿爾伯特看起來身形壯大，但他靈巧地在砧板上使用起菜刀。因為用餐人數很多，橋本於是就把蛋接連煎了下去。看來關於烹飪方面，這兩人好像可以有頂尖級的活躍表現。另一方面，我則贏得了準備生蔬菜與餐具這個非常輕鬆的職位。

話雖如此，畢竟要準備的人數很多，蔬菜的量也很大。雖然沒辦法幫忙煮東西，但總覺得我也幫忙切個菜會比較好。我站在阿爾伯特身旁，他就默默無語地看過來，我無意間試著用眼神和他進行了對話。

『你會切菜嗎？』

『大概吧。』

我以這般隨意的感覺理解彼此的想法，接著他給了我一把菜刀。還好開始過宿舍生活後，我就多少使用過菜刀。我配合著阿爾伯特的水準切著蔬菜。

是說，高圓寺那傢伙是跑到哪裡去了？說要先去廁所再過來，但也已經過了三十分鐘以上。我們讓A班和B班各一名學生去找他了，但看到他們沒回來，感覺好像是沒找到人吧。

結果，高圓寺直到早餐時間為止都沒回來，就算回來也堅稱是肚子痛窩在廁所，不打算多說。石崎和高圓寺的關係可說是徹底惡化了吧。

1

這樣的星期六上午第三節課，在教室裡上著道德課時的時候。

外頭傳來了女生很有活力的聲音。

從三樓的窗戶往外觀察，一之瀨在操場活力充沛地跑著步的身影便映入了我的眼簾。

她在第一天成立小組歷經了一番苦戰，現在能這麼有精神，真是太好了。坂柳放話說要擊潰一之瀨，但現階段還看不出那種跡象。雖然是限於表面上就是了。

我往下看，對一之瀨的組員有誰在，有了一定的掌握。

很意外的是，我只看見一個我們C班的人。B班學生除了一之瀨以外都是我不認識的面孔，可見她應該就和男生一樣，是作為為了維持四個班級的最低成員，而從B班被選出來的吧。雖然我不太清楚A班和D班學生的詳細狀況，但有個為了在體育祭時假裝與堀北觸身，因為龍園的策略受重傷的女生也在裡面。幸好她好像痊癒了，可以毫無阻礙地跑步。

順帶一提，和我同樣都是C班的學生是個名叫王美雨的女生，她好像參加了那個小組。聽說她是中國出身，國小時來到日本，之後都生活在這個國家。

我在班上的某處聽過這件事。

暱稱叫做小美，不親密的人要叫這個小名難度很高。接著，要說我知道的事情，就是她在班上的成績非常好，尤其很擅長英文……她有著這樣的形象。雖然在考試的總分上有一些差距，但應該可以把她的學力當作和啟誠同個等級吧。不可思議的是，她在運動方面有些地方也和啟誠很相似。

她拚命地想追上組員，但仍是絕對的最後一名。她一副快要跌倒的模樣，一邊仰望天空，一邊氣喘吁吁地跑著。整個人搖搖晃晃地，感覺很危險。

一之瀨發現小美落後，就把速度放慢下來。

她為了幫助小美，好像決定邊鼓勵她、邊一起跑。另一個女生慢了點也前來會合。那是D班的椎名日和。

雖然她好像不擅長運動，不過還是露出笑容和兩人並排跑步。就龍園或周圍的說法，椎名好像正肩負著D班女生領袖般的職責。假如那是事實的話，我現在看著的女生小組，就會存在著兩個班級的領袖了嗎？

這麼一來，就算裡面混著堀北或坂柳都不奇怪，但她們兩個好像都在其他小組。

我對於為什麼會變成這種組員的過程產生了一點興趣，但為了集中在課程內容上，我便把視線從窗外移開。我知道教室中因為老師說出的話而開始籠罩凝重的氣氛。

「接下來，我要請你們自我介紹。不過，我希望你們先記住這不是單純的自我介紹，而是課程的一環。接下來的每一天，我都會讓你們演講。每個學年的演講主題細節都不同，不過判斷基準都會是這四樣──『音量』、『儀態』、『內容』、『表達方式』。」

演講這一詞也有印在巴士中閱讀的資料上。

這無庸置疑就是在這所林間學校裡的其中一個考試項目。恐怕這個大組裡的每個人都必須公開自己想的演講內容。從不擅長溝通的人看來，這說不定會是地獄般的考試內容。

一年級被通知要以透過這年在學校學到什麼、今後想學習什麼為題來進行演講。二年級或三年級好像會是以後要做什麼或者就業之類，包含未來在內的內容。

「真假啊。這考試簡直就跟屎一樣……」

我也不是不懂石崎會想這麼傾吐的心情，可是他的音量有點大。

好像有傳到老師的耳裡，但他沒有特別受到責備。認真或不認真，最終結果都會回到小組身上。意思應該就是可以隨便我們吧。

到了休息時間，有個男人就往一年級的小組靠過來。石崎把腳跨在桌上，但他因為那個男人的登場不禁端正了姿勢。

他是二年B班叫做桐山的男人，擔任南雲率領的學生會的副會長。他出身於前A班，好像因為被南雲打敗，所以投降的樣子。但內心期盼著南雲垮台，他也透過堀北的哥哥和我有了聯繫。

「你稍微改正對課堂的態度會比較好。」

「啥、啥。哎呀，但我又沒有吵鬧。」

「不只是石崎。你也是，高圓寺。」

雖說他期盼著垮台，但平常還是必須扮演順從的副會長。他應該會想先修正感覺會給大組整體評價帶來影響的地方吧。

「這場特別考試，應該會以最後一天舉行的考試本身來做評價吧？我覺得認不認真上課不是那麼重要的事情呢。」

「這次的特別考試不會只有筆試。你就沒辦法想到因為林間學校中的態度造成的觀感，也可能會被加進去考量嗎？再說，你不認真上課，是打算怎麼在考試上拿高分？」

「答案就是Simple is best。該說畢竟是我嗎？」

「原來如此。意思就是說，你要拿到高分是件很容易的事嗎？不過，你是不是真能拿高分，也要到考試結束後才會知道。既然是小組活動，你就有必要努力別讓周圍感到不安吧？」

「只因為我的行動就感到不安的小組，沒有作為小組的價值。」

「這點不是由你來判斷的，高圓寺。」

「不然誰能來判斷呢？」

「不是由你個人，而是由全體學生。由在場全體學生判斷。」

對副會長的發言，石崎雖然忍著，但還是賊賊地笑著。他看見高圓寺被駁倒的模樣應該很高興吧。但面對高圓寺那種對象，「常識」是行不通的。

「就算你們全部團結在一起，我在作為人的價值上還是比較高。眼光差的人無論如何都無法做出正確判斷。」

「看來要稱你為高中生，你好像還太無知且幼稚了呢。」

面對毫不畏懼的高圓寺，桐山也以常識這個武器奮戰。等發現時，二年級將近半數都現身圍繞在一年級的座位。石崎也無法只顧著笑，他的表情變得很僵硬。周圍也傳來了有點類似於威嚇的發言。

「再說，不只高圓寺。我也不時可以在其他學生身上看見問題。」

有問題的學生裡，當然也包含著石崎吧，老實說我想不到剩下還有什麼學生。所有人應該都算是抱著認真的態度面對課程才對。桐山的目的，可能是想概括一年級生，讓我們重新繃緊神經。如果繼續表現出傲慢的態度，就會與高年級生為敵——他大概是想要用這股壓力控制我們。高圓寺只不過是個契機。

「說到這邊就好了吧，桐山。」

三年級的石倉看不下去這種情況，前來伸出援手。

「過度的指導可能也會被當作霸凌。要是傳開了奇怪的謠言，傷腦筋的可是你們喔。一年級應該有充分理解狀況了。對吧？」

面對石倉的確認，除了高圓寺之外，包含我在內的所有學生都點了點頭。

「做得真是漂亮呢，石倉學長。你很了解狀況嘛。」

從頭到尾都沒參與對話並旁觀著的南雲，開心地這麼搭話。

「把你這人放在B班真是浪費呢。說起來是石倉學長沒那種運氣。」

「你說運氣？雖然很不想承認，但這就是實力的差距。」

「我不那麼想耶。學長只是因為A班存在著堀北學這個天才，至今為止才一直升不上A班。我知道你在三年期間一路以來都很努力在奮戰。A班和B班在班級點數上的差距是三百一十二點。雖說就快要畢業了，但我認為差距很小。」

「難道你要說你能讓這組獲勝嗎？」

「是呀。如果石倉學長願意把一切都託付給我，那就不會是在這場特別考試獲勝的這種小小滿足，而是我會幫你升上A班。說不定我就連把堀北學長從學校剔除都辦得到喔。」

「真遺憾，南雲。這次堀北好像沒有擔任負責人。你應該也一樣吧。那傢伙根本不可能製造出會被抓去陪葬的機會。」

「負責人跟陪葬什麼的都無所謂。擊潰他的方法多得是。」

他這麼說完，就笑了出來。

「抱歉，我信不過你。我實在沒辦法把Ｂ班的命運交給你。」

「那還真遺憾耶。」

南雲在小組所有人面前滔滔地開口。這是天真的毫無防備嗎？還是故意暴露出自己毫無防備呢？應該不可能是前者吧。

2

當天晚餐時間。我決定在這天稍微發起行動。

說是行動，但那也是為了預先掌握更多女生那方的狀況。因為我對一之瀨和椎名同組的這件事有點掛心。光是先理解別組變得怎麼樣，都會再好不過。

惠為了讓我容易接觸她，每天都在差不多的地方吃飯。我明明沒做出指示，這實在是很穩妥的行動。

對照之下，我則不特定地瞄準空位，沒固定吃飯地點。

因為我小心再小心地選擇避免跟惠有露骨的互動。像是龍園他們一些D班的學生，還有二年級副會長桐山，也有不少學生知道我跟惠的關係。再說，畢竟我們自家這邊也有必須戒備的人物呢。

我看好時機，在惠的附近坐下。

當我正煩惱待會兒要怎麼讓她發現我的存在時——

「嗯——」

惠小聲地對我發出打招呼（？）般的聲音。看來惠儘管在享受與朋友之間的用餐，也有發現我過來。

既然這樣，我只要不慌不忙地等待對方趕走礙事的人就行。

惠慢慢用餐，引導朋友先回房間。

假如途中有其他學生前來接觸她，或是她朋友留到了最後，我也打算考慮延後接觸她，但她的引導似乎進行得很順利。

不久，等周圍沒人在看惠跟我之後，我們就開始對話。

當然，如果有人過來的話，對話就會立刻中斷。

「所以呢？到了第三天，你就忍不住想找我幫忙啦？」

「就是這樣。女生的資訊太少了。」

「唉，這也沒辦法吧？畢竟有溝通障礙的你可以接觸的女生很有限。」

我馬上就被潑了冷水。

不過，如果這樣給惠占優勢，會連結到關係的維持，代價倒是很便宜，但我決定稍微試著欺負她。

「那就算沒有我的建議，妳好像也可以闖過特別考試了，對吧？」

「當、當然啊。你以為我是誰呀。」

「是嗎，那我就不用擔心了呢。」

「……之後你暫且也要先分析我的狀況需不需要擔心喔。」

惠好像感到了不安，於是這麼說。

「總之，先從女生的分組說給我聽吧。」

「啊，在說之前，我有件事情很在意。」

「長話短說。」

兩人深談太久，說不定也會出現懷疑的學生。

「該說是相當重要的事嗎……那傢伙——龍園那傢伙現在怎麼樣了？」

「妳很在意嗎？」

「算是吧。畢竟女生那邊也蔚為話題。好像沒有任何人知道那傢伙為什麼不當領袖的真相就

是了。」

「雖然裝乖這種形容不適合龍園，但他現在好像滿安分的。」

「意思就是說，你的教訓有效嗎？」

「教訓啊……」

我在那強勢的發言背後也隱約看得出惠的懦弱情感。因為向龍園表現出自己脆弱一面所產生的那種不安，導致她無論如何都會很在意情況吧。

「龍園的事妳不用擔心。那傢伙不會做出不謹慎的事情。起碼我可以斷言他今後不會對惠妳做出什麼事。」

為了讓她放心，我這麼告訴她。

然而，惠沒有做出反應。

我認為自己算是有在戒備四周，是有人過來了嗎？——我這麼想，不過好像不對。

我馬上就了解了狀況。

「……抱歉，沒事。」

她這樣打迷糊仗。

「妳看起來不像沒事吧，惠。」

「就、就說我沒事了嘛。」

「惠，真的嗎？」

「……等等，你是故意的吧！」

惠沒回過頭，但是語帶威脅。

我有點鬧過頭了嗎？

「啊——真是的。如果沒允許你直呼我的名字就好了……」

「說起來，最先開始這樣叫的可是妳耶。」

「那、那是事出無奈。」

比起那種事情，她如果接受了龍園的事，我真希望她趕快讓我開始話題。

雖說是混在一片嘈雜中，但從知情的人看來，他們會對我們這個位置的關係抱著疑問。

「我算是有盡可能地在蒐集資訊……我可以說了嗎？」

「好。」

「是說，我先說在前頭，你之前希望的掌握小組整體的狀況，我可是完全沒達成喲。」

「我知道。我沒有指望妳到那種地步。」

「總覺得這說法真令人火大。就算是你，也完全不知道哪一組裡會有誰在吧？」

「這個嘛，不知道耶。」

「……什麼嘛，難不成你打算說你記得所有人？」

「我根本就沒那樣說。」

「B班的柴田在哪一組？」

「他在神崎率領以B班為中心的小組。」

「A班的司城同學呢？」

「也是差不多的感覺。他在名叫的場的學生構成以A班為中心的小組。」

「那、那麼鈴木同學呢？」

「若是叫那個名字的傢伙，他被分到跟我不同的人數少的小組了。」

「你全都記得嘛！」

「只限於我知道名字的人。不過，如果有看見長相的話，我還是會記得什麼學生到了什麼小組。」

會讓我覺得有這場考試真好，就在於這讓我下定決心記住所有一年級生的名字。考試後，我恐怕就幾乎百分之百可以把名字和長相對上了吧。

如果沒有遺漏或誤會之類的話。

「唉——……要怎樣才能變得有那種好記性呢？你是戴眼鏡的書呆子型之類的嗎？」

很遺憾，我不太懂惠在講什麼。

「不說這些了，進入正題吧。坂柳跟神室的小組變得怎麼樣了？」

「她們兩個同組，小組是三個班級構成，A班占了九個人。A班在最初就集中起來了呢。」

我聽著惠說明。A班男生好像也是一樣，幾乎使出了聚在一起的戰略嗎？

但她們不是十二人，而是組成九人了嗎？

「三個班級構成，意思就是有哪一個班級沒參加吧。還是說，是坂柳沒把那個班級加進去？」

「因為她們無法接納B班，所以從一開始就拒絕了。說是無法信任一之瀨同學還是怎樣的。不過，說的不是坂柳同學，而是神室同學。」

「無法信任嗎？」

「別班的學生是任何人都無法信任沒錯啦，但被指名道姓那樣說的就只有一之瀨同學了呢。可是，這樣不是很奇怪嗎？畢竟連我都會聽見她的好評。」

如果叫我舉出一名其他一年級班級中可信任的學生，我毫無疑問也會舉出一之瀨。當然，如果是別班的人來舉例，大概也有不少學生會說出櫛田的名字就是了。

總之，一之瀨理應是年級之中數一數二信賴度很高的學生。

但如果變成三班而且是最少的人數，報酬也會降低。

是得不到絕對的勝利，但也不會有絕對性敗北的戰略。

「很狡猾吧。因為A班只要防守就行。分組也是有夠強勢。」

「是啊。」

雖然這是很堅實可靠的作戰，但擬定這招的八成是坂柳。

那傢伙的個性很具侵略性，採取守備立場的戰略，實在很令人意外。

「所以，我之後怎麼做才好？做點什麼會比較好嗎？」

「這次的考試就算靠小花招可能也無能為力。不過，我有幾個人想請妳監視。」

說完，我就把幾個可能會變成重點的人物挑出來告訴她。

「嗯，雖然會滿辛苦的，不過我會試試看。」

乖乖地確實遵從被交待、命令的事，就是惠的優點。

「但這次考試是怎樣？禮節和道德之類的東西，真的是必要的嗎？」

「不知道耶。如果以故事方面來說，這說不定就會像是個麥高芬呢。」

「咦？馬克——」

「不是馬克杯喔。」

「我、我知道啦。所以，那又怎麼樣？」

她好像一點都不懂。

「那是指對登場人物來說重要，但在故事上卻相對不重要的『東西』。」

「我完全不懂。我知道清隆很聰明，你就簡單說明一下嘛。」

「意思就是說，禮節和道德是必要之物，但不是每樣都是那麼重要。」

用餐時間也所剩不多了，學生開始散去。

「但這次考試——說不定會很混亂呢。」

「你說混亂……是什麼意思？意思是說，如果按照清隆所想的方向發展，情況會變得很不妙嗎？」

「放心。至少妳不會受害。」

這次混亂的恐怕不會是一年級吧。我端著托盤站起。

「如果還有需要，我會叫妳。」

「了解。」

我結束這樣的對話，決定回共同房間一趟。

3

那是第三天晚上，第三次進入大澡堂時的事情。寬敞澡堂裡的某個角落，聚集了幾名男學生。不只有山內和池的身影，也可以看見一些像是柴田等B班學生。

我跟碰巧也一起進了澡堂的神崎對視。

「這好像是個很稀奇的組合呢。」

神崎也是一臉驚訝地盯著那一團人。

「好像是吧。」

「你那組怎麼樣。沒有特別起糾紛嗎？」

「不曉得耶，或許不能說是順利。」

我老實這麼回答，神崎也不驚訝，表現出接受的模樣。

「人數少，而且有四個班級的學生，好像很容易會有那種傾向。」

「如果只是那樣就好了呢。」

「我有收到森山他們的報告，聽說所有人都覺得高圓寺很棘手。」

那部分的內情，當然也會在他的預想範圍內嗎？

「身為同班同學我有盡力在做了，但還是完全控制不了他。」

「說到控制……你有聽說龍園的情況了嗎？」

「不，完全沒聽說耶。」

明人把龍園拉入小組後，到今天已經是第三天了。

就算有在澡堂或廁所、吃飯時看到他的身影，也只有擦身而過而已。

「如果他企圖做些什麼，感覺也會聽見一些傳聞，但我完全沒收到報告。」

既然有著B班副領袖般立場的神崎都這麼說了，那應該就是如此了吧。雖然從知情一切的我看來，龍園不可能會做什麼事情，周圍的疑心說不定也終於開始淡化了。

不過，應該也暫時不會鬆懈吧。因為也可以預想成他打算在正式考試的最後動手。

「如果有傷腦筋的事，就來找我商量吧。我今後也想和C班維持良好關係。當然，一之瀨也是這麼想的。」

「那還真是令人感激。」

「一之瀨好像很看好堀北。雖然與其說是能力，不如說是率直的那一面。」

「率直呀……」

若問我堀北的個性是否率直，老實說我實在不覺得她率直。

但神崎在這裡指的率直一詞，和我所想的率直，應該是含意有點不一樣的東西吧。

他是指會確實守約，這種忠誠的部分吧。

因為對坂柳或龍園，那種層面應該完全無法期待。

「噢，神崎！這邊這邊！」

柴田發現站在入口聊得忘我的神崎，便揮了揮手。

「綾小路～你也過來吧～」

然後我也在類似的時機被山內看見，他招手要我過去。因為也不是那種需要拒絕的氣氛，於是我就靠了過去。

「怎麼了？」

神崎對柴田這麼說。

「哎呀，其實我因為一件有點奇怪的事情，和山內他們聊得很熱烈呢。」

「奇怪的事情？」

「我們在聊年級裡誰的那個最大。」

「那個是指？」

「還用說嗎？就是這裡呀，這裡。」

柴田邊笑著，邊指著白色毛巾纏著的腰部中間。

「……這樣啊。你們真是在做件很有趣的事情呢。」

神崎這麼說，同時對柴田孩子氣的比賽傻眼地嘆息。

「哎呀，我也覺得這樣很幼稚呀。可是呀，這其實很可以炒熱氣氛耶。」

我和神崎一樣都完全不懂哪裡有炒熱氣氛的要素。

我和他對視，決定找時機保持距離。

柴田他們再次開始商討後，神崎就離開了。

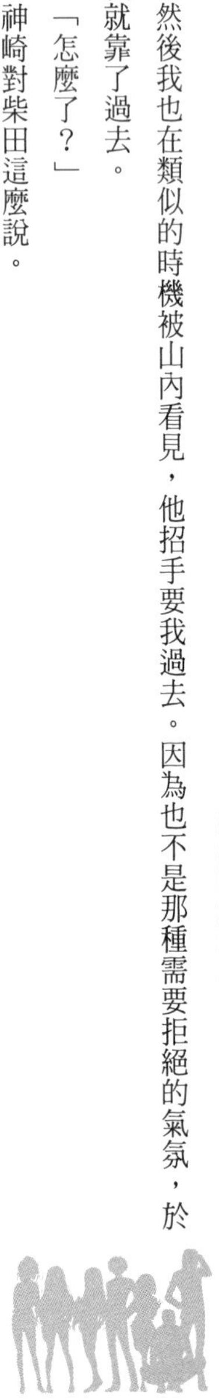

我打算慢一點之後也離開現場。

可是——

「目前誰是暫定的王者啊？」

似乎聽見了這個話題，須藤態度從容不迫地現身。

他牢牢地抓住了我兩邊的肩膀這麼問道。我因此變得沒辦法逃走。

「……誰知道，我完全不清楚。」

我這樣支支吾吾地回答。

在大部分學生都用毛巾裹住腰部的情況下，他則是光明正大地現出姿態。

「噢……真不愧是須藤。」

我可以知道B班的柴田緊張地屏住呼吸。

「暫定的王者，是D班的金田。」

「金田？那個弱不禁風的四眼田雞喔？」

「讓開。」須藤把柴田推開，和山內他們會合。

金田好像完全沒打算參戰，他看起來很不自在。

「你來啦，健！就只能靠你了！」

「交給我吧。」

須藤作為C班代表參戰。

須藤朝著被捲入比賽並且困惑的金田走過去。

「你連在浴室裡都要戴著眼鏡啊。」

「因為不這樣視野就會太糟，沒辦法走路……」

「這樣啊。」

他當然完全沒做出暴力行為。只是站在對方隔壁。

分出勝負大致上是一瞬間的事情。

「太好了！」

須藤大聲地喊道，在澡堂做出勝利姿勢。他的聲音傳遍了室內。

金田一副心想遊戲總算結束似的逃出。

雖然我只能說被捲入實在是場災難。

「那就決定我是王者嘍。」

應該也沒什麼學生明知須藤的厲害還向他挑戰吧。

這下子無益的比賽就結束了吧——雖然是讓人這麼想啦……

「王者？別逗了，須藤。」

彌彥來跟不停大聲笑著的須藤爭辯。

但須藤只看了彌彥的裸體一眼，沒搭理他。因為彌彥沒有遮住前面，因此無須一戰就分出了勝負。

「我跟你是談不上勝負的。」

「確實……但要當你對手的不是我。」

「不論對手是誰都一樣。王者是D班的——」

「不對啦，健。是C班，C班！」

「……對耶。王者是我這C班的須藤健大人！」

「你只是從最底層往上爬一班吧。別以為贏得了我們A班的葛城同學！」

看來要比的不是彌彥，而是那個彌彥仰慕不已的葛城。

那個葛城正坐在椅子上，打算洗頭而把手伸到了洗髮精那邊。

我對他要把洗髮精用在什麼部位有點興趣，但這氣氛我實在沒辦法問。

「別這樣，彌彥。我對這種無聊的比賽沒興趣。」

「那可不行。賭上男人的尊嚴，不，是賭上A班的威信，你必須獲勝！」

「真是無聊的比賽……」

「也不是那樣吧，葛城。」

橋本靠了過來。彌彥露骨地表現出厭惡感。

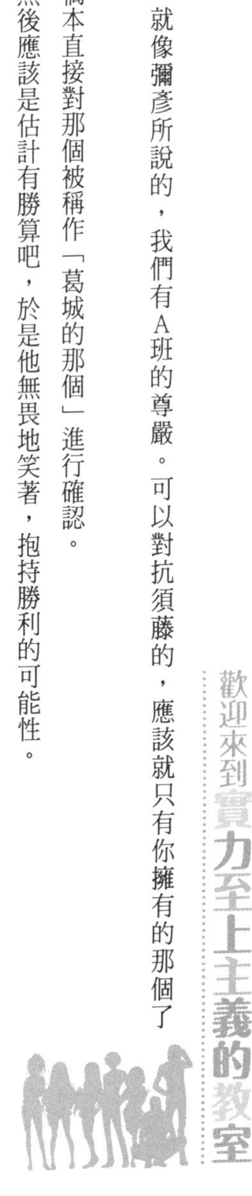

「就像彌彥所說的，我們有A班的尊嚴。可以對抗須藤的，應該就只有你擁有的那個了吧？」

橋本直接對那個被稱作「葛城的那個」進行確認。

然後應該是估計有勝算吧，於是他無畏地笑著，抱持勝利的可能性。

另一方面，葛城則不打算站起來。

「來啊，葛城。」

面對須藤挑釁，葛城完全不打算改變動也不動的態度。

然而，周圍的聲音卻越來越大。

喝采著想看葛城與須藤的決鬥。

「真是的。這樣下去也沒辦法安靜地洗頭。」

意思就是說，他果然是打算把洗髮精使用在頭上嗎？

「勝負應該是一瞬間的事情吧，葛城。」

「……隨你高興。」

他已經覺得接受比賽是最佳之策，而慢慢起身。

周圍對龐大的身軀發出了讚嘆。

接著，龍與虎面對面。

「這、這是——！」

負責判定的山內蹲了下來。

雖然他左右確認過各自的戰力，但差距實在很小。

須藤在等待判定的時間表示佩服。

「真有你的，葛城。我接受你被說是A班王牌的理由了。」

「無聊……」

「判定結果是——」

山內站了起來。

「平局！」

他在好像不太會有平手的比賽上做出平局的判斷。

打算對判定表示異議的池和柴田等人也聚集過來。

不過，山內的判斷好像很準確，好像無法斷定哪方比較厲害。

「……已經可以了嗎？」

對於被觀賞感到為難的葛城硬是回到了原本的位置。

「雖然很不想承認，但第一名暫定有兩位。」

感覺任何人應該都不會反駁，但事情沒有因此結束。

「雖然看了你們的殊死對決，但這真是太天真了呢。」

這麼說著的是D班的石崎。

「哈。別笑死人了，石崎。憑你是不成對手的。」

「就連比都不用比。」須藤笑道。石崎和彌彥幾乎是同等級的。

「要當你對手的人不是我。」

「什麼？」

「蠢貨！我們D班可是有個究極王牌！」

「……不會是龍園吧？」

「不是啦！」

石崎大聲地喊出了那男人的名字。

「阿爾伯特，換你出場了！」

在阿爾伯特被他這樣叫的瞬間，周圍的男生都一片鬧哄哄的。儘管任何人的腦中都曾經閃過阿爾伯特，但大家思考人選都會刻意只避開他。那種潛規則在這瞬間被打破了。

「你那樣很狡猾吧！」

就連充滿王者風範的須藤都藏不住動搖。

「講什麼鬼話。如果是決定年級第一的比賽，阿爾伯特也是我們的夥伴！」

不過，從話題走向來想，石崎的主張是正確的。

但跨國比賽很不利的這點，任何人都無法否定。

儘管日本職棒水準也很高，但看見美國職棒比賽，兩者的身體能力差距也是高下立判。

應該會對於從身體骨架、基因就有所不同的外國人肉體感到驚訝吧。

阿爾伯特忽然安靜地現身。雖然須藤或葛城也有受上天恩賜的體格，但還是比不上他。

而且這裡明明是浴場，他卻戴著太陽眼鏡。一般可能會起霧變得看不見前方，但好像是因為使用了防霧凝膠，阿爾伯特在動作上沒有猶豫。

「唔，好大……」

阿爾伯特的腰間圍著毛巾。

看來須藤的嘟囔是針對體格。

像這樣親自試著相比就會很清楚。

這有著大約國中生與大學生之間的差距。

這麼一來，彼此擁有的武器差距當然也會相同吧？

或是，儘管只有一點點期待，須藤也只能祈禱那不是什麼了不起的武器。

「放馬過來！」

須藤不畏懼地上前。

身為王者，他不能逃避。

阿爾伯特只是沉默著。

並且充滿威嚴。

連拿下毛巾的作業，都交給了石崎。

不只是王者須藤，所有人都守著那層要被摘下的面紗。

會冒出與最終魔王相稱的武器嗎？

還是會出人意料的小？

現在，勝負正激烈地碰撞。

「上啊——阿爾伯特！」

石崎應該也不曉得吧，阿爾伯特的戰力即將揭曉。

「這、這是——！」

阿爾伯特隱藏著的真面目，最先映入了王者的眼簾。

接著籠罩一片寂靜。

「我輸了——」

王者須藤說出這一句話。

他雙膝跪地，嚐到壓倒性的敗北感。

判定甚至沒有跟與葛城的對戰一樣不分高下的情況。

那裡就是有這般懸殊差距。

「這就是阿爾伯特……最終魔王的強大嗎！」

山內或柴田等人也失去了戰意，像須藤那樣跪倒在地。

他已經是無人能敵了。

絕望的狂風呼嘯地吹著。

阿爾伯特慢慢彎下龐大的身體撿起毛巾，然後直接邁步而出。

男人們就像接續著須藤那樣跪了下來。

在大家承認敗北，正要放棄之時——

「哈哈哈！你們好像正在做Childern般的開心事情呢。」

高圓寺的聲音一瞬間劃破了這凝重的氣氛。

他好像在浴池裡守望著這一連串的騷動。

「什麼啊，高圓寺。你就不會不甘心嗎！你看看須藤這難堪的模樣！」

山內喊道。須藤因為不甘心，還沒辦法站起來。

「我知道。雖然就Red hair同學來講，他好像已經算是奮鬥過了呢。」

「幹嘛，你這傢伙，難道你打算說你可以和阿爾伯特一戰？」

眼神失去光輝的須藤問道。

高圓寺的態度和平時沒兩樣。

「我一直都是完美的存在。就算身為男人也是究極體。」

「別岔題。具體上究竟是怎樣？」

高圓寺完全不打算出浴池，並把頭髮往上撥。

「根本就不用比。正因為我知道沒人比我更優秀，沒必要因為無益的事情流血。」

「講那種話，或許你的那個根本不是那樣吧？」

山內針對他。

不過，高圓寺的態度完全沒出現變化。

「實在是很愚蠢呢。但偶爾陪你們玩玩也很有趣吧。」

高圓寺好像打算接受挑戰，再次撥起了頭髮。

「那麼，我的比賽對手是阿——爾伯特就可以了吧？」

他為何拖了長音？

「不對，是葛城同學！」

彌彥喊道。

「不，這與我無關吧，彌彥……」

「和阿爾伯特比賽，高圓寺不可能會贏吧！請你代表日本人——葛城同學，請你務必打敗那個傢伙！」

因為彌彥也和高圓寺同組呢。

平時應該對他有諸多想法吧。

雖說泡在浴池裡，高圓寺恐怕並非具體知道須藤他們的戰力吧。能與其抗衡的葛城應該具有十足的制勝機會。

「……真是的……只能再比一次了喔。」

葛城傻眼地作為日本人代表站起。那東西正在晃動著。

每晃一下，男生的眼神就會變得像是在看著神聖的東西。

「果、果然很大。就算阿爾伯特不行，若是高圓寺——」

「呵呵呵，原來如此。真不愧一度爬上了王者之座。」

「趕快解決吧。」

「不過，你不是我的對手呢。」

高圓寺看見那模樣，卻完全不打算從浴池站起。

「喂喂喂，你難道不是在害怕嗎，高圓寺？你藏在浴池裡的那個東西是裝飾品啊？」

石崎也做出了煽動性的發言。

「我沒有蠢到會把刀子對準根本就不用比的對象。」

「哼。既然這樣我就徹底擊垮你的心靈。好不好啊，阿爾伯特！」

代表國外的男人阿爾伯特也站在葛城隔壁。

於是，產生了就連葛城都看起來比較小的現象。

我可以知道高圓寺看見他那模樣，表情初次有了劇烈的變化。

「Bravo。」

他拍了一下手。

「原來如此、原來如此。不愧是世界代表，好像不是徒有其表呢。」

「知道了嗎，高圓寺。知道你有多麼像個小丑。」

「已經不需要我了吧。」

洗完澡的葛城與高圓寺維持一段距離後，就進到浴池裡。

大家已經都對葛城不感興趣，熱衷於高圓寺與阿爾伯特的比賽。

「雖然我原本是不給男人看的主義呢。只有這次特別服務喔。」

高圓寺刻意拿起預先放在一旁的毛巾，他藏起武器般地站起，將其包在腰間。

然後，慢慢出了浴池。

「你、你有意思要比嗎，高圓寺？」

究極怪人與王者對峙。

「勝負從一開始就很清楚了呢。我要讓所有人都成為活證人。」

高圓寺邊擺姿勢，邊拉開那條神祕面紗般的毛巾。

那瞬間，耀眼的光輝照入了我們的眼裡。

那是被染成獅子金色鬃毛覆蓋住的一把劍。

不，要稱之為劍，實在是太巨大了。

我聽見阿爾伯特在一旁低聲嘟噥。

說「Oh my God」。

「這樣好像就證明我是個完美存在了呢。」

被當作活證人的男人們，就連聲音都發不出來。

「你真的是人類嗎？」

須藤面對已經超越國籍的壓倒性力量，只能這麼評價。

若說須藤或葛城是來福槍、阿爾伯特是火箭砲，那麼高圓寺就是戰車了。面對壓倒性的火力，根本就無法較量。他以那樣的巨大尺寸、裝甲，以及火力打敗了敵人。

已經不會出現什麼人擋住高圓寺的去路了吧。那是因為這個大澡堂裡並不存在能夠打倒阿爾伯的學生。

沒錯，在任何人正要接受的時候——

「呵呵。慢著，高圓寺。」

有人叫了他。

是從高圓寺剛才為止都還待著的浴池中傳來的。

「龍、龍園……」

有人發現了對方的真面目。

是在高圓寺附近的按摩浴缸暖身子的男人——D班前領袖龍園翔。

那男人剛才應該有在看阿爾伯特與高圓寺他們的比賽，他的眼神中閃著光芒。

「你不會是想說自己可以當我的對手吧？」

「不，就算是我，好像也沒辦法贏過你的那裡。不過，說不定有個傢伙可以和你來場不錯的比賽喔。」

他做出帶有暗示的表達，學生們便同時環顧四周。

但根本就不可能有那種存在。

因此我就有了一股直覺。

直覺我不小心中了龍園的陷阱。

「哦？那會是誰呢。」

高圓寺好像也多少有點興趣，詢問了龍園。

「誰知道。但如果我沒誤會的話，在場好像還有一個在腰上裹著毛巾，一直隱藏著實力的人就是了呢。」

龍園只留下了這種我真心希望他別這麼做的炸彈，然後就進了浴池，背對著大家。

幸好聽著龍園說話的只有幾個人，但那些人的視線再怎麼樣都會集中過來。

恐怕不只是在這澡堂的所有人，總覺得全日本的人都在注目著我。

「該不會是你這種人吧？不會吧？」

彌彥這樣說完，就靠來我身旁瞪著我。

「……你把那傢伙說的話當真啦？」

「我是沒有那種打算……不過，我很在意就只有你一直藏著。」

「什麼在意，我只是因為打從一開始就不打算參加。」

我一邊退後，一邊拒絕參加。

「大概是這樣吧，但就讓我姑且做確認吧。」

山內和彌彥包夾似的靠過來。

這時，我可以看見龍園無畏地笑著。

『我要讓你嚐嚐敗北的滋味。』

他掛著這般眼神與笑容。

果然……

根本不可能會知道我那邊如何的龍園，故意教唆了大家。

他想讓我和高圓寺對峙，不論形式如何都想讓我「輸」。

這壞心的戰鬥方式實在很有龍園的作風。

雖然也是可以卯足全力從浴場逃出去，但那樣也會通往全然否定在這間林間學校洗澡的這件事。這層面紗遲早都會被摘下來吧。若有唯一的得救辦法，那就是把所有前來的學生都反打回去，但那也已經稱不上是策略了。無論如何都會像是輸掉一樣吧。

總之，意思就是說，我完全沒辦法避開且熬過這場我無法理解的比賽。

我紋風不動，高圓寺就笑了出來。

「哈哈哈。你不需要害羞喔，綾小路boy。就算還有著protector，那也是大部分日本男人都會

有的東西。那是能保護我們的重要東西呢。」

「你根本就沒在保護吧，高圓寺。」

「因為我已經有了壓倒性強度。不需要防具。」

不，應該還有辦法可以逃走才對。

思考吧，尋找出來，尋出活路——

「你們就幫他喊個呼聲吧，呼聲。」

龍園明明都退場了，卻還在浴池裡這樣煽動學生們。

他使出策略、發起不讓我逃走的戰略。

「脫掉！脫掉！脫掉！」

全體男生突然起鬨叫我脫掉。

對男人們來說，是誰煽動之類的，都很微不足道嗎？

我因為龍園、因為全體男生而被束縛住。

在這個我只是為了消除一天的疲憊而進入的澡堂裡。

「……我知道了。」

我不否認有時必須戰鬥。

然後，我也只能認同現在正是時候了吧。

身為一名手中握有武器的男人，如果可以戰鬥，大概就該一戰吧。

重要的不是什麼勝負——不，重要的不是什麼尊嚴。

「隨你們高興吧。」

「要我代為操刀嗎，綾小路？」

須藤靠了過來。我用手制止他。

聽見他們起鬨個沒完要我脫掉，我便自行把那條裹在腰上的毛巾拿開——

持續著的起鬨聲一口氣降了下音量。

剛才為止的吵鬧就像謊言，迎來寂靜的時刻。

「真、真的假的，綾小路那傢伙……」

「難以置信……」

不知道有誰在什麼地方悄悄談論著我。

「哎呀呀，說實在我很佩服呢，綾小路boy。我沒想過日本人之中有人可以和我上演不相上下的戰鬥。幾公釐的誤差就我們來看根本就是若有似無的差距呢。」

「……簡直就像是暴龍之間的對決……」

男生們在浴池以佩服、傻眼般的眼神仰望著我們。

「你們好像成為歷史的活證人了呢。」

高圓寺面向所有人呵呵地笑著，同時把毛巾掛在肩上。

「但嚴格來說是我贏了吧。如果要用暴龍來比喻，這就是捕獲獵物的數量——也就是經驗值的差距呢。」

高圓寺一副已經不用詳細說明似的「嘩啦——」一聲就泡進了浴池。

4

半夜，我待在共同房間的床上。

時間是已經過了熄燈時間的半夜一點。大家當然都睡著了，夜深人靜。

我在該為明天做準備而睡覺的時間點起床是有理由的。

那是因為一張紙放在我的枕頭底下。上面寫著二十五這個數字。

就是因為很簡潔，所以可以考慮的意思很少。那是可以理解成二十五點這暗號的便條。我完全沒頭緒是誰放的，但還是為了確認而起了床。

如果這單純是場惡作劇，或是有完全不同含意也沒關係。

我可以利用這段時間靜下來思考事情。

這場特別考試的本質在哪兒？我開始一點一點地看見這場特別考試內容的全貌了。

因為我們沒有具體地被說明加分部分，雖然也包含我的揣測在內，不過有好幾個項目幾乎確實都應該會和考試有關。

「禪」

從開始打坐前的禮節，至打坐本身姿勢之類的做評分。可以預想禮節錯誤或被香板打的時候會被扣分。

「道路接力賽」

大概會變成是在比名次、時間，這種單純的判斷基準吧。

「演講」

大組裡的每個人都要進行演講。計分方式已經公布了，是「音量」、「儀態」、「內容」、「表達方式」這四個項目。

「筆試」

感覺以道德問題為中心的筆試也是很有可能的。這應該會跟平常的考試一樣，分數的好壞會直接關係到結果。

雖然其他還有「打掃」或「用餐」等讓人在意的要素，但現在我還沒辦法判斷。

像是有無遲到或組內糾紛等等。雖然是在考試之外，但視情況不同，說不定會變成審查項目之一。

對於這場異質的特別考試，應該很多學生都會煩惱該如何攻略吧。

理解本質才看得出來的必要戰略。

認真地提昇小組裡的團結力，互相支援，並且拿下高平均分數。

就是所謂的經典戰略。雖然感覺上很簡單，但就如所知，從組成小組時去看也可以知道其門檻相當高。要以完全的形式和平常互相敵對的學生合作非常困難。

在我們班上來講，會選擇那種辦法的會是堀北或平田，別班的話就會是一之瀨或葛城了吧。在小組裡是否擁有強大的影響力，以及能否發揮統率能力，都會出現差異。

雖然挑選隊友固然重要，但在最初的階段幾乎不可能看出什麼學生能在這場特別考試內容上有活躍的表現。雖然學力上可以期待啟誠無可挑剔的活躍，但他在第一天的打坐上連五分鐘做兩組都一副很痛苦的樣子，甚至還有學生沒辦法盤腿。現階段大部分考試都是無法單憑能否運動、

能否讀書就會測出結果的內容，接下來應該是有適應力的學生才會嶄露頭角吧。

然後，感覺也會存在不少學生使出不同於經典的戰略。

在這次說明規則時也可以觀察到校方在準備設計奇特的考試上很辛苦。在第一次特別考試——無人島時也是如此，規則上一定存在可以趁虛而入的漏洞。就像伊吹和堀北在禁止暴力的無人島上互毆一樣存在著死角。

當然，那些違規行為曝光時的壞處很大。因為也準備了立刻退學的處置，所以大部分學生應該都完全不會付諸實行。說起來，這次也不是做出違規行為就能贏的單純情況。

能否鑽入些許的死角、漏洞，並搶先使出最佳的一擊。這必須跨越很高的門檻。

我目前為止在特別考試上都使出了某些招數。

在無人島上透過讓堀北退出頂替領導者、在船上考試上使用手機設圈套、在體育祭上故意採取引人注目的行動、在Paper Shuffle上封住櫛田。

但這次我馬上就決定什麼事都不做了。

就算我有一邊在蒐集資訊，但還是決定只當個旁觀者。因為我判斷在為了淡出，以及作為普通學生畢業的過程中，這是必要的行為。

就算C班因為這次的事情遭到嚴重的扣分，我也什麼都不會做。

我還有一個目的，是向對我寄予一定關心的坂柳及南雲彰顯我無意戰鬥。雖然效果如何很令人懷疑。

因為就算我靜靜旁觀，堀北的哥哥也無法責怪我。

不過，如果有我可以採取的唯一手段的話，那就是防禦了。假如有學生打算讓我退學，我自我防衛也是理所當然。

凌晨一點。好像沒特別發生什麼奇怪的事。

既然這樣，我就差不多來去睡覺好了。在這種時候——

連接房間與走廊的門縫間照入了一點點光線。那是摩斯電碼。

是以光線閃滅做的通訊。因為林間學校的半夜走廊非常暗，所以房間都會備著好幾支手電筒。對方恐怕是把那東西帶出來了吧。我了解到那是把我叫出去的信號。光線無聲無息地漸漸消去。我立起上半身，靜靜站起來。房間沒有廁所。半夜起來上廁所，這行為本身絕對不算是不自然吧。

5

我溜出了房間。走廊一片黑暗，但我有聽見一點腳步聲逐漸遠去。

我追了上去。那道光線的真面目是堀北學。

「想不到你會來接觸我。不會很引人注意嗎？」

要把便條放進我床上，就必須掌握我的床位。

這麼一來，我只想得到一件事。

應該就是第一天帶著撲克牌和南雲一起過來的三年級——石倉或津野田了吧。

因為只要問他們的話，就會知道我使用哪一張床了。

「有不少學生都會在夜深人靜的半夜密會。因為這次考試上應該有兩三個策略正在進行。」

一年級到三年級都為了勝利而絞盡腦汁。話雖如此，會像這樣密會的那些人所想的，大致上都不會是什麼好事。

「你知道我為什麼會在這個時機把你叫出來嗎？」

「因為南雲的行動令人毛骨悚然，除了這理由之外我就沒頭緒了呢。」

「沒錯。我覺得隸屬同個大組的你，可能會掌握到什麼消息，才來找你說話。再說，我也想回覆你在巴士上傳來的訊息。」

「我先說在前頭，你的期待落空了。南雲沒有奇怪的動作。」

雖然有好幾個令人在意的地方，但我還是騙他什麼都沒掌握到。

南雲對堀北的哥哥提出對決。既然在眾多人面前直接提出對決，三兩下就輸掉不只無法對同為二年級的學生做出表率，今後也很可能被學長姊或學弟妹報以懷疑的眼光。既然都要比賽了，就該抱著絕對的勝算挑戰。不過，我沒辦法了解到那點。我以為如果變成是堀北哥哥要求的那種正大光明的對決，他就會對於像是大組上課態度之類的做出嚴格管理，但卻完全沒有那種跡象。

那點應該給堀北學帶來了不安吧。

否則他就不會冒險把我叫出來了。

「那麼，你是說南雲什麼策略都沒使出，就要迎接正式考試？」

「誰知道。雖然我認為不把第三者捲入能辦到的事情很有限呢。」

就算可以提醒大家別私下交談或打瞌睡、別遲到、別把身體狀況搞壞之類的事情，這樣也不會讓考試分數跳躍性地提昇吧。只會是消除可能變成扣分要素的作業。

「現狀看來是我這邊的大組綜合能力居上。」

堀北哥哥這樣冷靜地分析。他們確實從一年級也收了以A班為中心的小組。意思就是說，如果就這樣迎接考試，獲勝的可能性會很高嗎？

正因如此才會覺得南雲什麼事都不做，令人毛骨悚然。

「違反約定的可能性呢？不論形式如何，他都有可能想讓你吃敗仗。」

「南雲確實對反抗者毫不留情，做出龍園那種像是違規的行動也不是一兩次了。那也和二年級異樣的退學率有關。不過，那傢伙至今都不曾違背自己說出口的話、約定好的事。」

「你是說，既然約好比賽不會波及旁人，他就會遵守嗎？」

「沒錯。」

關於這點，堀北哥哥毫不猶豫地點了頭。就是因為在學生會共事了將近兩年，所以他才看得見這個部分。聽見這個絕對性的肯定，我便得到了我一開始心中疑問的答案。那是對眼前的堀北哥哥，以及恐怕所有二年級或三年級學生都可以說的事情。我也許可以在此給堀北哥哥一項建言。不過，那恐怕沒什麼意義吧。

因為我判斷他只做得出相信身為敵人的對方的防禦。

「看來我在浪費時間呢。」

堀北的哥哥背向我，為了回房間而邁步而出。

「關於你想知道的事……學生會對特別考試是有發言權的。像是干涉規則或變更部分懲罰等等，因為學校採用的形式是會採納學生角度的意見。不過，也並非可以恣意妄為。」

「這樣啊。」

堀北哥哥確實地回答了我的要求便離去。

「說不定會輸掉呢。」

我趁他沒發現的時候，這麼嘟噥道。

不，輸掉這種形容好像不正確。堀北哥哥不會失誤。

他應該會徹底管理小組，並巧妙地奔走安排。毫無疏漏。

不過……話雖如此，那顯然也不是完全的對策。

以第三學期開場舉辦的這場考試為開端，情勢說不定會有什麼重大的改變。

女生們的戰鬥（前半）　一之瀨帆波

依上述感覺，男生們之間在這三天好像發生了諸多事情，不過身為女生的我——一之瀨帆波，根本就不可能會知道那些事。

讓我把話題回溯到在林間學校開始特別考試的當天吧。

「總之，分組也定下來了，大家要好好相處喲。」

就寢前，我對組員們這麼說。雖然重複了變來變去、幾經波折、波瀾萬丈的過程，總之，還是決定好了要一起挑戰考試的夥伴。

那是有我、王美雨同學、椎名日和同學、藪菜菜美同學、山下沙希同學、木下美野里同學、西野武子同學、真鍋志保同學、西春香同學、元土肥千佳子同學、六角百惠同學——共計十一人的小組。B班出身的就只有我，C班出身的也只有一個人，剩下的則是A班與D班的學生。真鍋同學及西野同學這些女孩子在班上好像也被當作是問題兒童，主要就是一群被趕出來的人。

女生在這種地方做得還滿明顯的呢。

我和美雨同學還有剩下的學生們，是像在填補小組人數一般聚集而來的一群學生，各自的交集非常少。必須趕快建立起關係才行。

「請多指教喔，一之瀨同學。」

「也請妳多多指教，椎名同學。我一直都想和妳當朋友呢。」

「這樣呀，真是榮幸。」

但我和C班……不對，是和D班的學生幾乎沒有交流。

因為如果龍園在背後，無論如何都無法變得完全要好起來。

不過，他是否真的退出一線，還是有著很不明朗的部分。

總之，畢竟難得是女生小組，我也想跟大家和睦相處。這個小組未達規定的退學懲罰，換句話說，就只有像是某人要負起責任、被抓去陪葬的這些事是我們必須避免的。就算最優先的會是B班的夥伴，但既然都像這樣組成了小組，只有在這場面上我不能區分優劣。我這麼告訴自己。

王美雨同學沒打算積極地參與。正確來說，是就算想參與也沒辦法的感覺。當然，要我伸出援手很簡單。

但這組是以A班與D班的女孩子們為中心構成。

而且，多半都是自我意識比較強的女生們。

如果我貿然投身帶領她們，說不定會讓人產生不信任感。

所以我決定稍微等等。然後，如果兩個班級都沒主動幫助王美雨同學，就由我來想點辦法。

「妳叫做……王美雨同學，對吧。」

「是、是的。」

椎名同學靠到她身旁，溫柔地搭話。

她在這組裡也主動接下了負責人，是非常可靠的人物。

這次我沒有參選負責人。雖然也是因為椎名同學馬上就舉起了手，但主要還是因為我不覺得我們的組員能夠以第一名為目標。

「妳應該非常緊張吧。被不認識的一群人圍繞著。」

「呃、呃……完全沒那回事……」

「突然被說『我們來好好相處吧』、『來消除隔閡吧』，會覺得困惑也是理所當然的呢。」

「嗯嗯。椎名同學說得沒錯喲。」

他人與朋友之間的隔閡，那種東西不是想跨越就跨得過去。

是回過神來就已經跨了過去。

如果一直去意識這點，就會漏看腳邊而不慎摔跤。

「那個呀，一之瀨同學，妳交過男朋友嗎？」

A班的女生對我拋出這種疑問。

「不……說來慚愧，我沒有戀愛的經驗耶。」

「這樣呀——妳明明感覺就超受歡迎的，難道是理想很高的那種人？」

「我是覺得沒那回事……但我也不知道耶。」

「那麼呀，妳現在有喜歡的男生嗎？」

「咦咦咦咦～」

突然被問到那種事，我只覺得慌張而已。

「傳聞好像經常可以看見妳和南雲學長獨處……」

自從我進入學生會之後，就確實經常和南雲學生會長一起行動。

想不到竟然會演變成傳起這種謠言。

「在談喜不喜歡之前，學生會長根本就沒把我放在眼裡啦。」

「才不會呢，對吧？」

「嗯嗯。如果是一之瀨同學的話，就算跟南雲學長交往也不奇怪呢。」

「不管怎麼樣，我現在應該都沒有喜歡的人……」

「說是現在，代表以前有過嗎？」

女生們的情緒同時沸騰了起來。這是說明稍微不完整就會很危險的話題。

「不是啦——那個，我確實有過很憧憬的學長，但在我發現自己是把對方當作異性在喜歡之前，他就畢業了……」

我拚命地否認，女生們便相視而笑。

「什麼什麼，我有說了什麼奇怪的話嗎？」

「沒有。只是該怎麼說呢，感覺不管是什麼問題，妳都會認真回答呢。」

「一之瀨同學太老實了——不想回答的事情，岔開話題就好嘍。」

「啊，也就是說，剛才的話題小千佳子妳岔開了？」

「（驚）。」

晚上的女子會以這種感覺再次熱鬧了起來。

該怎麼說呢？感覺形成了一直無法成眠的氣氛。

「就算是我，我不會回答的事也不會回答喲。」

「那麼，妳到目前為止被告白過幾次？」

「咦？呃——三次……啊，加入幼稚園的話就是四次吧。而且，如果把那件事情算進去就是五次了吧。」

「看，妳在回答了！」

「喵——！」

我很不擅長聊戀愛話題。就因為是不熟悉的事，所以會露出破綻。

「莫非，一之瀨同學是沒辦法說謊的人？」

「或許是這樣呢——」

女生們也因為那種事情興致高昂。

但是，先否認那部分應該會比較好吧。

「沒那種事喲。真的。」

「咦——？」

「比如說，如果變成是特別考試，不就會需要一或兩項策略嗎？那種時候我也是會搪塞或說謊呢。」

「那麼，原來妳可以若無其事地說謊呀。」

「……嗯——有點不一樣吧。我想任何人都是這樣，其實都不想說謊。所以我都會盡量不說謊，這樣講才是正確答案吧。不，好像也不對嗎？我可能很不擅長說出為了不傷到別人而說的謊……」

「那不是很奇怪嗎？我們通常都是為了不傷人才說謊的吧？」

「是呀。我想為了不傷人才說的謊，一定會是很溫柔的謊言。」

不過……我的狀況不一樣。

沒錯。這是我給自己的一種試煉。

「該說為了不傷人而說謊，只會變成是種拖延嗎……」

我認為壞事會從那一個謊言中逐漸蔓延開來。
我不想重蹈覆轍。
重複那段難受的日子。
那段殘酷的時光。

隨處可見之物

星期天一眨眼就過去了，時間來到考試第五天的星期一。上午的課程，四小時全都安排了運動。是要我們實際走或跑過考試當天會舉行的道路接力往返十八公里的路線，並於下午上課之前回來的課題。考試是接力形式，換句話說，因為是道路接力賽，正式考試上一個人跑的距離會是一公里至兩公里，不算很多，但這裡是起伏劇烈的山岳地帶。我們消耗著體力，不停走了五公里左右。之前都是在操場上稍微流汗的程度，所以落差很大。

「這條上坡要持續到什麼時候啊。白痴耶。這也太累人了吧。」

石崎經過提醒會有山豬出沒的看板，又說：

「說到野豬，牠的那邊大嗎？就跟這傢伙的一樣。」

說完，他就以討人厭的目光看過來。

「那還真厲害耶。哎呀，我還真是有眼不識泰山啊，綾小路。」

橋本跟其他傢伙也都稱讚了我，但就我來看，這實在是令人不愉快到了極點。想到會被人用這個哏玩一陣子，我的心情就很難受。

阿爾伯特則以範本般的輕快聲響替我拍手。

但他們馬上就沒餘力捉弄別人了。

那條通往山頂的蜿蜒道路，雖然因為有車輛行經所以鋪修過，但傾斜的角度讓人非常吃力。是就算只是走個路，腿和腰好像都會很累的程度。

而且，我們早起做了早餐，在體力消耗上相對地比學長們更劇烈。能在星期天休養，應該就是校方的顧慮吧。

「這樣回去要花多久時間啊……」

「人平均步行速度是時速四公里。距離是十八公里，所以如果只是用走的話大概要花四小時半。」

「別開玩笑了。那樣連午餐時間都不剩了耶。」

「既然這樣就只能跑了啊，石崎。如果用跑的話，相對地就可以更快解決。」

B班的森山尖酸地說道。實際上，雖然是大組同時起跑，但大部分二年級或三年級都是以比我們還快的步調在前進。

「別胡說了。最好是可以跑十八公里啦。」

「別花費體力講些無關緊要的話……你們是贊同我的作戰才在這裡的吧……」

啟誠呼吸紊亂地勸戒石崎他們。不會在長程或體力上感到痛苦的學生，或許就算從初期就用跑的也沒關係，但是十八公里都不停地跑確實不是上策。於是，啟誠定下的作戰就是——前半段的九公里用走的抵達折返點，從那邊再開始用跑的。這提議也是考量到回程的話主要會是下坡。

「我們都還沒開始跑，還要撐到折返點喔。」

「吵死了……給我安靜走。」

不擅長運動的啟誠，腳好像已經有了損傷，他顯然沒有餘力了。沒辦法在規定時間內把剩下的十三公里左右跑完回去的可能性大概也並非為零。想盡量少說話，只專心在走路上，是很理所當然的狀況。話雖如此，透過這堂課程好像可以在一定程度上看出誰能跑步。現狀一副很痛苦的彌彥和啟誠，肯定不適合做這種事情。

如果是走在稍後方的高圓寺似乎就會很可靠了，但我實在不認為他會認真跑步。

「叫我安靜跑？你都已經軟趴趴的了，真是自以為是耶，幸村。」

石崎好像還要繼續說下去，沒有要減少發言的樣子。

「我是身為負責人，為了小組好才這樣說的……別再讓我說話了。」

「什麼負責人嘛，別開玩笑。」

石崎好像因為承受了太大的壓力，不斷出言攻擊啟誠。看不下去的B班學生森山與時任都對石崎表示了不滿。

「適可而止，石崎。這次的事情，幸村是正確的。」

我感到身後的動靜逐漸遠去，於是就回過頭，看見高圓寺走進岔路，踏入了森林中。其他學生好像完全都沒發現，一心向前走。

問題兒童不只是石崎呢。

他應該不是單純繞路而已吧。他消失無蹤，沒有要回來的跡象。

「真拿他沒辦法……」

我想過要默默地去追高圓寺，但應該會連我都被當作偏離路線吧。

「高圓寺進去後面的小路了。我去把他叫回來。」

「啊？那個怪人在幹嘛啊！」

在場沒有學生可以阻止石崎，所以他就越來越大聲了。

「別太在意他，石崎。不把高圓寺當作不存在，你會很吃虧。」

啟誠定下了把高圓寺當作空氣般存在的應對作戰。

話雖如此，要完全無視也滿困難的。

在到處都有麻煩發生的情況下，啟誠一臉抱歉地這麼說道：

「……抱歉，清隆。可以交給你嗎？」

啟誠顯然沒力氣回頭去找高圓寺了。

我馬上就答應了他。

「對象是高圓寺，應該會很棘手吧？我也來幫忙吧。」

橋本這麼提議，但我很有禮貌地拒絕了他。

「不管是誰去都有可能沒辦法把他帶回來。既然這樣，盡量多一點人跑完，學校對我們的觀感應該也會比較好。畢竟這好像不是一條會迷路的路線。」

「是嗎，或許呢。要是你覺得帶不回他，最好馬上回來。」

我對橋本給的建議老實地點頭同意，就決定去追高圓寺了。雖然我沒打算很積極地行動，但這件事情也是因為我考慮到不常有機會可以和高圓寺獨處。如果我要先和他談一談，應該也只有這種地方了吧。

1

小徑未經鋪設，地面直接就是土壤。

我在路面狀況不佳的情形下加速前進。如果高圓寺維持用走的，估計不用一兩分鐘就能追上。

「真麻煩耶……」

如果只是加快速度就算了，可是要在沒路的地方前進就棘手了。我尋找著高圓寺應該走過的蹤跡，同時進一步加快了速度。我前進大約一百公尺後，就看見了高圓寺的背影。

我看見那身背影便回想起來，無人島上也是類似的情況。雖然當時有愛里在，而且被高圓寺甩開。

「高圓寺。」

我呼喚他的名字，跑到高圓寺身邊，拉近距離。

「哎呀，這不是綾小路boy嗎？這裡應該和正規路線不一樣呢。」

「因為可能會有連帶責任。你為什麼要進來這種岔路？」

「因為我有一瞬間看見了野豬的身影。我很感興趣，所以正在追牠呢。」

還真是令人意想不到的理由。我就先不問他發現時打算怎麼辦好了。

「放心吧，我會在時間內回去。我的話，回去用不上三十分鐘。」

看來我只能相信這番話了。

「對了，找我還有什麼事嗎？」

高圓寺好像察覺到沒有離開的我還有話要說，於是這麼說道。

「是考試當天的事。我希望你可以助小組一臂之力。」

「是我聽得膩到耳朵都要長繭的話呢。」

他在我沒看見的地方一定也有被啟誡他們反覆地說服。

即使如此高圓寺還是完全不會首肯吧。

「不用留下突出的成績。你就理所當然地去完成理所當然的事吧。」

「決定那點的不是你，而是我。你了解吧？那麼，待會兒見啦。」

高圓寺說完就打算離去，我抓住了他的手臂留住他。他在態度上表現得一點也不在意，並且打算邁步而出，我無可奈何，於是就用力站穩了腳步。以為他會更強烈地抵抗，但高圓寺不知為何卻緩下了力道。

「呵呵呵。原來如此，原來是這樣呀，綾小路boy。」

高圓寺就這樣被我抓著手臂，靜靜地笑著回過頭來。

「原來是這樣是指？」

「讓Dragon boy安分下來的人物的真面目呀。」

「Dragon……你說什麼？」

「我是指叫做龍園的調皮男生。」

「為什麼那個龍園會跟我有關係。」

「你好像很會裝傻。而且還感覺不到你裝傻有任何意圖。」

「我不太懂你怎麼會得到那種結論。」

「你正在像這樣碰著我的手臂。我是從那裡傳來的熱量得知的喔。」

我自認了解他不是泛泛之輩，但高圓寺似乎是比我更誇張的怪人。我抓著的這隻手臂，就是他得到結論的過程嗎？

「不好意思，這是個天大的誤會。」

「是嗎？從我們小組裡的不良同學看著你的眼神、舉止，外加周圍的反應，我覺得這是無庸置疑的事實。」

高圓寺雖然沒有任何實體證據，但對自己的眼光有著絕對的自信。

繼續蒙混下去也沒用了吧。

「呵呵。放心。我沒打算公開你隱瞞的事情。就算你『算是優秀』，但從我看來都是無聊的存在、各色人等之一。總之，這件事是真也好、是假也罷，只要我不公開說出就沒問題了吧？」

「我是有想解開誤會的想法啦，但那會變得怎麼樣呢？」

「很遺憾，你還是放棄吧。就算別的第三者口徑一致斷言綾小路boy你沒有關聯，但既然我都這樣有把握了，那個答案就不會改變。」

「原來如此……那麼，可以回到正題嗎？」

「你是指希望我履行作為組員的職責這件事嗎？」

「你可以答應嗎？」

「我說過好幾次了，我拒絕。」

答案不會改變——他斬釘截鐵地這麼說。

「我會隨自己所想的行動。那就是我的理念呢。要不要應考、要考怎樣的成績，全都會取決於我那時的心情。」

「……這樣啊。」

我也思考了各種說服的手段，但在這裡貿然動手好像會變成反效果。

雖然只能進入聽天由命的階段，不過這在結果上極有可能是損害最少的選擇。

因為高圓寺很明顯想要避免退學處分。我只能賭一賭這部分了。我就只能目送高圓寺追逐野豬離去的身影。

「好像任何人都無法策動那個男人呢。」

堀北哥哥和南雲，以及夥伴都無所謂。

我身為將近一年都一起行動的同班同學，這就是我坦白的感想。

2

我把高圓寺留在森林中，回到了路線上。

雖然脫隊的時間不到十分鐘，但我現在的名次應該變成最後一名了吧。因為前後都沒看見小組的學生，我決定稍微跑著追上去。

不久，我就找到啟誠他們一年級正在走著路的集團。

以馬上就發現我這邊的時任開始，所有人的視線都聚集了起來。

「雖然我算是有找到他啦……」

「果然沒辦法嗎？」

料到這件事的橋本苦笑著。

其他學生也沒有特別責怪我，而是抱怨起不在場的高圓寺。

我們熱烈地說著高圓寺的壞話，同時也總算抵達了折返地點，接著就看見茶柱雙手抱胸等待著我們。我才在想這幾天都沒看見她，看來她好像定期會被借去在課程中做出各種幫忙。

「所有二年級和三年級都折返了。就剩下你們。」

「請問現在時間幾點，老師。」

「時間剛好來到了十一點。」

意思就是說，距離午休還剩下一小時。

如果這是平坦的道路，就會是一段沒那麼困難的充裕時間吧。但是，我們拖拖拉拉地走了九公里的陡坡，消耗了相當多的體力。

也就是說，如果不以確實的速度跑步就會占用到午休。

「我先回去嘍。我午餐不想遲到。」

「等等。在這之前規定要點名，請各自說出班級與姓名。」

她拿出板子，應該是在那邊記錄著抵達折返地點的學生吧。

石崎點完名，就丟下組員往回走。

他好像果斷地判斷接下來是場個人戰，與小組無關。阿爾伯特也跟了上去。

「走吧，清隆。」

「你先去吧。我想先確認高圓寺會不會過來再走。」

「是可以……但只剩下一小時了喔。」

「我對自己的腳程還算是有自信。沒關係。」

「短程與長程可是不一樣的喔……不過，這好像也不是我該說長道短的事吧。」

啟誠自嘲地笑著，便以生澀的動作開始跑起步。

「那我先走了。」

「好。」

留下來做伸展的最後一人——橋本也跑了起來。

留在這地方的，就只有我和茶柱兩個人。

「你看來並不是有話要對我說呢。」

「我只是在等高圓寺。還有，要是不從最尾端跑也會有傷腦筋的事。」

「傷腦筋的事情？」

不是什麼大不了的事。假如石崎那種有體力的學生很快就先跑完，就沒辦法注意到可能會在半路退場的學生。

這不是在挑戰時間長短，而是要在規定時間前完成。不論要一小時跑完，還是四小時跑完，評價都一樣。正因啟誠沒有體力，他很明顯正為了不扯後腿而勉強自己。

過了二十分鐘左右，那男人終於過來了。

「這裡好像就是折返地點了呢。」

運動服上沾了葉子和泥土，看來有四處走過的跡象。

「你是最後一個了，高圓寺。剩下四十分鐘。」

「好像是這樣呢。雖然再悠哉一點也沒關係，不過沒想到我跟野豬的接觸很快就結束了呢。」

「野豬？」

茶柱對突如其來無法理解的字彙感到疑惑，但高圓寺很快就折返並且跑了出去。

「要點名，高圓寺。你會被當作失去資格喔。」

高圓寺對這麼叫他的茶柱頭也不回地報上名字。

「我的名字是高圓寺六助。妳就好好記住吧，Teacher。」

高昂的笑聲響遍山野。

「沒關係嗎，老師？他沒報上班級。」

「看在他有報名字的份上，我就稍微睜隻眼閉隻眼吧。」

「那我也要走了。」

從我晚出發之後究竟經過多久了呢？

我在又看得見注意野豬出沒的看板那邊，看見了兩名男學生的背影。

其中一人是預料範圍內的啟誠。與其說是迎接體能的極限，倒不如說好像是傷到了左腳，而被一旁的學生扶著走路。

另一個人，就是我原本預測應該會從最尾端超越啟誠的橋本。

我跑到他們身邊，狀況就變得很明瞭。

「你扭到了嗎？」

「是綾小路啊。嗯，看來就是這樣呢。他到折返點前，腳踝就已經到極限了吧。」

橋本代替啟誠這麼說。攙扶著人應該是相當大的負擔，但他看起來並不在意這點。他完全沒

有不情願，而是慢慢地挨著他走路。

「真慚愧……我怎麼連這種事都辦不到……」

啟誠這樣表示不甘心，他的想法好像變得跟過去完全不同。他之前應該認為學生的本分就是學業，難以理解像是運動或除此之外的考試才對。

看來他做伸展操、最後才開始跑步的目的好像跟我一樣。

「我也來幫忙。」

一個人扶不如兩個人扶。我決定繞到橋本的另一側支撐啟誠。

「……等等。要是做了這種事，連你們午休都會遲到。」

「要是放著你不管，你就會逞強跑起來吧？讓腳不必要地多受傷，在考試上傷腦筋的可是我們。如果只是少吃一頓午餐，你受傷狀況就會比較好，那樣還比較划算吧。是吧，綾小路？」

「是啊，或許如此。」

「可是……」

「我們兩個人是碰巧從後面跑過來的，你別客氣。」

橋本說完，就修正了一件事：

「應該算是三人呢。高圓寺那傢伙用驚人的速度跑了下去。那傢伙真是個怪物耶。」

「他有種體力無限的形象。他毫無疑問是年級中的第一名吧。」

我不是在吹捧他，是很坦率地在表達高圓寺的潛能。

「或許多虧了他的個性很差勁，我們A班才會因此得救呢。我在這次的小組上充分了解到他何止是幫上忙，甚至給C班添了麻煩。」

高圓寺如果徹底發揮那些潛能，確實可能會變成一股威脅。能否把無法引進的祕密武器算到武器之中，實在很難說就是了。

結果，我們摟著負傷的啟誠順利回到林間學校，已經是十二點四十分左右的事情了。後來，啟誠就立刻在保健室接受了治療。

我和橋本決定在走廊等候。

過了十分鐘左右，結束治療的啟誠就回來了。

「怎麼樣？」

橋本問道。啟誠苦笑著回答：

「是輕微扭傷。多虧你們兩個幫我，我才能只受到輕傷。」

他走路有點護著左腳，但好像能夠正常走路了。

「距離考試也沒那麼多時間了。必須小心別惡化呢。」

說完，橋本就輕輕拍了啟誠的肩膀。

「雖然先是受你的幫助，這樣講也有點……」

他這樣說到一半，橋本馬上就明白了他的意思。

「別擔心啦。夥伴之間我會保密，那樣你會比較方便吧？」

橋本好像完全不用問就理解了這點，啟誠於是撫胸鬆了口氣。

3

因為沒吃午餐，我今天的晚餐比平時都還要興致高昂。我占好座位，就馬上開始用餐。

「小清，你旁邊的座位是空的嗎？」

波瑠加這麼出聲。我回過頭，發現綾小路的組員齊聚一堂。

「這幾天小清都莫名地待在很難找到的地方，我可是費了一番功夫呢。」

「……抱歉。餐廳有點大，我不知道該怎麼做。」

在多半都是小組行動的情況中，要湊齊平時的成員應該很不容易才對。

因為座位有點不夠，我就稍做移動，到了可以五個人坐的地方。

「總、總覺得好久不見了呢，清隆同學。」

愛里忸忸怩怩地說著。將近一星期都沒說到話，確實很稀奇。

因為就算是休長假，我們不知為何也會講個電話或見個面。

「比起這個，小三你那邊沒事嗎？你和龍園待在一起吧？」

波瑠加好像也在哪裡聽說了這件事，所以就詢問了明人。

「唉，算是吧。我也算有在防備他，但他的樣子好像沒有特別奇怪。連上課也是很認真地參加了。」

「打坐或道路接力之類都是？」

「對。普通到很可怕。倒不如說，他還比不擅長的傢伙可靠多了。只不過，雖然我好幾次試著跟他搭話，他卻好像完全不打算和任何人結伴。」

「因為打架輸掉的打擊，導致他哪裡變得不正常的感覺？」

「唉，誰知道。畢竟是那傢伙，只能看成是目前為止是這種狀態。」

明人繃緊神經，覺得不能大意。

「比起我，妳那邊怎麼樣？和其他人相處得順利嗎？」

「我？我還好。沒和任何人變得要好，也沒和任何人吵架。也是因為和愛里同組才沒事的呢。」

「能有小波瑠加在，真是太好了呢。」

看來她們好像待在同一組。如果有個親近的夥伴，應該是件讓人相當放心的事吧。

「問題最大的好像是我們的小組耶，清隆。」

「或許吧。」

「咦，是這樣呀？」

波瑠加和愛里一臉沒有特別聽見傳聞似的彼此互看。

「因為有不聽從任何人指示的高圓寺，還有什麼事情都會緊咬上來的石崎呢。好像因為阿爾伯特也和他在一起，所以我控制不住。真的很頭痛。」

「原來你們和高圓寺同學待在一起呀……沒事吧，清隆同學？」

「因為那傢伙不算直接有害。」

「硬要說的話，問題大概是石崎那邊吧。他應該是因為打敗龍園，所以才得意忘形吧？明明不久前都還是小弟。」

石崎的狀況，我覺得變得要跟我同組是其中一個不好的要因。感覺他是在懷著無處宣洩的憤怒與不甘的情況下，把那些情緒遷怒給我之外的人。

「總之，我身為負責人也必須加油呢……」

就算腳上有顆炸彈，啟誠還是拚命設法統籌小組。

「男生也很辛苦耶～」

「總、總覺得就只有我們走錯棚耶。」

「這樣不是很好嗎？如果妳們輕鬆的話，這樣我們也放心。對吧？」

明人說的也很對。

雖說可以從惠那邊得到消息，但她看不見的部分也很多。

如果波瑠加跟愛里像這樣同組，目前又沒問題的話，我們也相對地可以只集中在自己身上。

4

在林間學校的生活也迎接第六天——星期二了。到了這時候，就會變得可以聽見男生說出有點奇怪的心聲。

很想念異性。

就是這樣的心聲。

是我多心嗎？總覺得期待晚餐時間的男生好像增加了。

如果都是男生們的話，我確實會感到平靜。不過也會缺少活力。

「啊——可惡——都跟男人待在一起，感覺都快瘋了。」

「如果在是男校的話，我就死了呢。」

小組裡也不例外地出現了這種意見。

「總之，只有男人的話，可是很臭的呢。」

無論如何都會有汗臭味的形象也沒辦法吧。

但實際上有汗臭味的學生很少。應該要感謝現在不是夏天吧。不過，我個人覺得只有男生會比較平靜就是了呢。因為這是很重要的事情，所以要重複說兩次。

「唔，我的腰……」

啟誠在用抹布擦地板的途中發出慘叫，當場蹲坐在地。

每天不管有什麼課程，都確實會有打掃或負責早餐的工作。

對身體不強壯的學生來說，這是差不多可以看見極限的時候。

說過對體力沒自信的啟誠表示疼痛。

清掃範圍很廣，尤其小組人數少的我們，如果有一個人負傷，為了要填補那個空缺，我們就會變得必須比一般人多努力一倍。

「什麼腰痛啊，給我好好做。」

逼近啟誠的石崎強行抓住他的手臂，讓他站了起來。

「我、我知道。我會好好做，放開我。」

「給我好好做啊。」

石崎說完，就回到崗位上。

雖然啟誠打算立刻再次開始打掃，但身體卻不能順利移動。

尤其扭傷的左腳無法好好移動，這看了就很明顯。

「唔。」

啟誠輕輕地發出聲音。

他好像正在忍耐著疼痛，但他勉強自己的話，應該也會影響到明天。

我判斷現在也無可奈何，於是決定打掃啟誠的清掃範圍。

「休息一下吧，我幫你做。」

「抱歉，清隆。」

「困難時要互相幫助。」

這樣應該就會解決才對。

可是——

「你才剛說要自己做的吧。」

石崎好像看不順眼我打算幫忙，而過來插嘴。

他完全沒看向我。

「這邊我會來打掃。」

我這樣回答，可是石崎沒表現出接受的樣子。

他無視了我，不斷對啟誠講出強勢的話。

「你是負責人吧？只是打掃而已，少在那邊喊苦。」

「……我明白。」

啟誠感受到自己的責任感。若被強烈指責，他勢必會那樣回答。

「你才不明白，你剛才應該是打算交給別人吧。我可是很討厭那種事情。給我說你會自己做啊。」

「……我知道了，由我來做。」

「就是這樣。你絕對不要幫他喔，綾小路。」

石崎在此第一次對我拋話。他馬上就逃跑似的保持了距離。

「即使在結果上啟誠會受傷也一樣要這樣？」

「要是他因為受傷而沒辦法動，也是到時候再說啦。」

看來，石崎就算知道這對小組不好，也不接受我幫忙啟誠。

阿爾伯特沉默地靠近石崎，雖然好像打算跟他說些什麼，但石崎好像沒在聽。

「抱歉啊，清隆。我好像也只能堅持下去了。」

他是覺得不那麼做小組的氣氛就會惡化吧。

石崎恐怕這幾天對啟誠的態度都很不順眼。

他應該無法允許啟誠如今還打算借助他人的幫助吧。

然後，啟誠也是因為了解這點才會接受忠告，決定要自己動手。

話雖如此，在這裡逞強可能會付出龐大的代價。

就算今天撐下去，明天就更不知將會如何。

正式考試上也有好幾樣打坐或道路接力賽這一類很操身體的考試。

到時，說不定會比現在還要痛苦。

我也很希望石崎能夠表示理解，但好像沒那麼容易。

「喂，石崎，你說得太過火了吧。」

看不下去這種情況的彌彥去跟石崎爭吵。

「不好的是連打掃都沒辦法好好做的這傢伙吧。」

「那種事我知道。可是，那傢伙又怎麼樣。你也一樣去告誡他啊。」

彌彥說完，就指了從第一天到現在就連打掃的舉動都不曾表現過的高圓寺。

「那傢伙說日文沒辦法通啦。我才沒有閒到會去跟猩猩說教。」

石崎並非從未勸戒過他，他至今為止跟高圓寺吵了好幾次。

高圓寺在這情況下故意表現得完全不打算行動，所以石崎就放棄了。在這種意義上，啟誠和高圓寺的差別可以說就在於能否正常對話。

「如果有怨言的話，你就去說服他啊。雖然大概會是浪費時間。」

「這……我知道了，我去就是了。」

彌彥抓起附近的掃把，走到高圓寺身邊。

「沒用的，你看著吧。」

石崎鄙視般地嗤之以鼻。彌彥緊咬高圓寺一般把掃把塞給他，說服他打掃。但他堅持了幾分鐘，就一副疲憊不已地戰敗撤退。

大部分學生應該都會想盡早解散隊伍吧。

雖說這幾天組成了小組，但彼此依然還是敵人，根本就不可能會順利。

不過重要的是，不是所有人都像我們小組這樣。就算只是表面上也像是同班同學那樣加深著關係——有這種小組存在也是事實。不只是一年級，在班級之間情勢穩固的高年級生那邊也可以看見相同的現象。

互相幫助對自己比較好，應該是因為他們這樣理解吧。

可以洞見未來的學生，以及只因為一時的嫌惡感而行動的學生。

只要不是壓倒性的能力差距，要想像勝敗的走向並不困難。

「唉——我受不了了啦~這太蠢了。為什麼我就非得跟別班的傢伙玩相親相愛的遊戲啊。對吧，阿爾伯特。」

阿爾伯特既沒肯定也沒否定，石崎獨自說了下去：

「我討厭死這個小組了。猩猩高圓寺、明明無法好好長跑卻光出一張嘴的囉嗦幸村、只會傻笑的B班，外加什麼事也不做的A班。這簡直就像白痴一樣。」

砰——石崎踢飛了掃把。

「要說我們的壞話是你的自由，但請你打掃。」

「囉嗦耶。高圓寺也沒在做，我哪做得下去啊。」

「既然這樣，你也沒資格勸戒幸村喔。」

即使橋本這樣說明，石崎也已經沒在聽，放棄了打掃。

「我去廁所。」他留下一句話就離開了。

啟誠也無法阻止他那副模樣，而不甘心地緊咬嘴唇。

「啟誠，你最好不要獨自扛下所有事情。憑剩下的一兩天是改變不了什麼的。如果現在做出誤判，你之後說不定會後悔。」

我這麼給建議。不，是打算讓他再次確認。

「那種事情我知道啦，但我也只能硬著頭皮上了吧。假如我依賴別人的話，石崎就會漸漸離小組而去。話雖這麼說，但我如果什麼也沒做，這個小組就很有可能變成最後一名。既然這樣，就算是逞強，我也只能全都去做了吧。」

如果可以選的選項就只有啟誠剛才說的那樣，那他確實就極有可能會選擇逞強的選項吧。如果無路可選的話，就必須想辦法準備一條新的路。

不過，現在可以準備新的道路——換句話說，就是準備選項的人物看來不是啟誠。而是更了解這個小組，可以為了別人採取行動的人才。

我認為是一直默默在打掃的男人——橋本。像是第二天阻止極力和高圓寺爭辯的石崎之類的，他給人一種會在適當距離確實維繫小組關係的形象。他在長跑上展現的援助也很完美。我不知道他受到坂柳或葛城多少賞識，但感覺他是個能力很強的男人。儘管這是作為敵人而戰為前提的事情，但比好戰的坂柳、防戰的葛城，他的棋路更難預測，是個很棘手的對手。

「暫且也別忘了還有我。如果有煩惱，我會盡量幫忙。」

「謝謝，清隆。你光是能這麼說，我就稍微輕鬆點了。」

如果那些話對啟誠來說是算是救贖的話，要我對他說出也不是件難事。

5

後來的課程，就算是客套話，我的小組的狀態也不能說是很好。覺得愧疚的啟誠無法好好做出身為負責人的指示，石崎甚至變得不跟除了阿爾伯特之外的人說話。

就連唯一可能和樂相處的吃飯時間，小組也沒打算集合。我就先暫時把男生的事情給忘了吧。

反正我無法替這個小組做任何事。

因為就算可以給痛苦的啟誠或內心糾葛的石崎建議，我也不打算做到直接付諸行動幫助他們。

在淡出的第一步深入核心是很矛盾的。

在此，我想起了波瑠加和愛里的事，並且決定再次刺探女生的動向。

不過，我也不能輕易地再次接觸惠。畢竟她也有她必須做的事，要是重複類似的狀況，別人會懷疑我們的關係。

再說，我現在想要的女生資訊與其說是一年級，倒不如說是高年級的二年級生或三年級。我想先確認南雲向堀北哥哥挑起比賽的真正意圖。

這麼一來，我能接觸的人物又變得更少了。

因此，我才會背負一些風險接觸桐山，跟他留下會得到線索的關係，不過副會長桐山和南雲同組。他就算心裡怨恨南雲，也不會在這次的事情上對我說出建言吧。

我想從其他方向，從南雲預料之外的地方動手。

因此，那個之前令我掛心的某個人物——

我讓惠替我刺探了關於二年級某個女生的資訊。

那人物就是「朝比奈薺」。

和南雲一樣隸屬A班，是私底下和南雲也很親近的人物。

我在這間寬敞的餐廳，看過好幾次朝比奈和朋友吃飯。

我現在也正在稍遠處注視著朝比奈的動向。

雖然她不隸屬學生會，但在班級裡的發言權較高，對南雲的影響力好像也很大。儘管也有其他好幾名和南雲很親近的男女，但我為了獲得資訊選擇朝比奈，有兩個理由。

其中之一就是她有著與隨性的裝扮及語氣相反的嚴守交往禮節、不忘恩情的評價，以及並不崇拜南雲的這點。

另一個就是我和她有著「偶然」的交集。

刺探南雲的資訊，就是難在二年級全體充滿著支持南雲的學生這部分。要是貿然接觸，我這邊的資訊就會反過來洩漏給對方。

關於這點，我也必須盡可能鎖定不會走漏消息的對象。

因此「偶然」的交集就會變成強力的武器。

只有我才可能知道的資訊，以及只有朝比奈才能理解的資訊。

我打算利用由偶然誕生出的產物。

那個偶然，便是「護身符」。

以前曾經發生她弄丟東西被我碰巧撿到的事情。我當時只是什麼也沒想就送回去，但那樣失物對她來說可能出乎意料的重要。

證明這點的證據，就是她把那個弄丟的東西也帶來了這所林間學校。

我也確認到她很珍惜地戴在身上、不離身地攜帶著。

出於偶然而產生的羈絆，有時會變得比刻意安排的還要強力。

就算只是探探她能不能成為引出南雲資訊的人物，我也應該要先利用那個偶然做確認吧。正因為在林間學校，要接觸也很容易。

剩下的問題，就是要怎麼把那個間接性的交集，切換成直接性的設定。

如果露骨地接近朝比奈，就算不是她自己去講，周圍的人說不定也會向南雲報告。我想盡量避免那種事。

雖然我一直都在觀察時機，但朝比奈在晚餐中大部分時間都是和別人一起度過。我找不到她落單的時機。

而今天，千載難逢的時機終於到來了。

「我去一下洗手間。」

朝比奈在用餐途中像這樣開口。就女生來說很稀奇，但好像也沒有其他學生跟上去，我於是立刻追趕朝比奈。但因為也不能妨礙她去廁所，我便決定乖乖等她回來。

能說話的時間，最久恐怕也是五分鐘左右。

再多或許朝比奈本人就會覺得不願意。

那五分鐘能和她拉近多少距離是個未知數。

我必須先強調這只是場偶然的相遇。

過了不久，朝比奈就回來了。
她的左手腕就像平常那樣戴著護身符。
我裝作若無其事和她擦身而過。
「咦？」
我這樣嘟噥著，聽起來像是對朝比奈搭話，也像是自言自語。
這時，朝比奈不禁停下腳步，微微回頭看向我。
如果我沒對這做出反應，朝比奈就會判斷這是自言自語並且走掉吧。
我在這短暫的時間展開行動。
「啊，不好意思。因為我總覺得那是我不久前看過的護身符。請別放在心上。」
我說完，就打算離開。
如果她沒有回覆，我也做好了主動搭話的準備。
「這個護身符，學校已經沒有在進貨就是了呢。」
因為她順利地回話，我就不客氣地說了下去：
「這樣呀。難不成，妳之前曾經在什麼地方弄丟過這個護身符？」
我這麼說完，朝比奈應該也馬上就會理解了吧。
「難道……幫我撿到護身符的就是你？」

「不知道耶。我前陣子在回家路上撿到的……那是什麼時候呢……」

我刻意不具體說出是什麼時候、在哪裡，裝作自己不記得。

「我想大概不會錯了。這樣啊，原來是你。」

朝比奈開心地笑著，並且停下腳步靠了過來。

「謝謝。當時我發現它掉了，可是非常傷腦筋呢。在那之後就莫名會覺得害怕，所以就像這樣增加戴在身上的頻率。」

她有點難為情，但還是讓我看了一下手腕。

「這個護身符呀，是我入學之後買下的東西，所以它本身並沒有什麼強烈的意義。不過，該怎麼說呢？該說是精神支柱嗎？應該說手邊有這個東西就可以非常放心嗎？所以，反過來說，弄丟時就會讓我覺得很像是會有壞事發生的預兆，心裡會覺得很不安呢。當我知道有人撿到並替我送來，我可是很開心呢。」

護身符的功用本來就是那樣。

「想不到幫我撿到的人居然是你呀。」

「妳認識我啊？」

「你在和堀北學長的接力賽上備受矚目，所以我才會認識你。上次雅也……這樣講你可能會不知道，你被南雲學生會長搭了話，對吧。」

「難不成，那時妳也在場？」

我當然知道。當時一之瀨也同行呢。

「算是吧。」

我先裝作在今天以外的地方都不曾注意過朝比奈的存在。

因為如果貿然地告訴她我以前就知道她的事情，她似乎就會加強戒心。

就像撿到護身符只是偶然一樣，這次擦身而過以及相遇也必須是個偶然。

「我對腳程還算是有自信，但老實說除此之外的部分完全不行。我好像是被誤會了什麼才會南雲學生會長盯上呢。」

我傷腦筋地說，朝比奈便不斷地點頭同意，表示「我懂我懂」。

「該說那傢伙很尊敬堀北學長嗎？因為他把對方當成目標呢。應該是因為自己在那場接力賽時不被理睬才在吃醋吧。」

我在朝比奈的話裡感覺不到另有隱情。

不論好壞，她的個性應該都很率直吧。我決定再深入一點。

「我要怎麼做才能不被南雲學長盯上啊？」

「不然你要不要去打敗他？讓得意忘形的雅挫敗，讓他安靜下來之類的。畢竟就我來講，我也想要稍微讓雅輸掉呢。」

她邊笑邊這麼說。這當然純粹是玩笑話吧。

但我決定故意試著接起話題。

「原來如此，那說不定也是一種辦法呢。」

我這樣回答，朝比奈隨後就愣了一下，看著我這邊。

幾秒之後，她一口氣爆笑了出來。

「啊哈哈哈！討厭，我是在開玩笑啦！你不懂呀？」

朝比奈笑到快要哭出來，同時拍了拍我的肩膀。

「如果我打敗南雲，妳果然會很傷腦筋嗎？」

我用有點強硬的語氣面對一直認為這是開玩笑的朝比奈。

如果朝比奈是會在這邊覺得反感，並且向南雲報告的那種人物，無論如何都到此為止了。就算在這邊被稟報上去，我也只會被當作是自以為是的一年級生。

「你是說真的嗎？」

「學姊妳剛才是開玩笑啊。」

「哎呀，你看嘛，畢竟這不是一年級生可以說三道四的事情。」

她這麼說著，對自己說了玩笑這點道歉。

但我保持那樣的語氣，毫不介意地說下去：

「在我至今看過的二年級之中，朝比奈學姊好像是最正派的呢。」

「……最正派？」

「因為要從被『南雲雅』支配的二年級得到消息是件很困難的事情。」

「你還真敢說耶。我也是二年級生。我和雅之間有著相當『密切的關係』就是了。」

「重要的不是親疏，而是被影響到什麼程度的這個部分。」

不論如何，如果同班的話，就不可能會是敵人。

不管她怎麼看待南雲，應該都不會希望班上不利才對。

「雖然我覺得兩件事情差不多啦。」

「哎呀，妳就當是一年級生在胡言亂語吧。」

我說完，就低下了頭。

「那我就先告辭了。」

「啊——等一下。總覺得，這樣子氣氛不就像是我不對了嗎？」

她「呼——」地吐了口氣，並且收起笑容。

「我知道你不是在開玩笑了。所以兼做道歉，就讓我答謝你替我撿到了護身符吧。如果你有想問的事情，我會回答你。」

「沒關係嗎？這說不定會變成是在背叛南雲學長喔。」

「老實說，這是因為我覺得就算跟你說，狀況也不會改變。」

她好像很確定就算把二年級的狀況多少告訴我，對大局也不會有影響。總之，意思就是那是告訴我也沒意義的資訊。

如果她能夠那麼想，對我來說也非常令人感激。

「請問二年級的女生裡，有多少人和南雲學長特別親近呢？」

「親近的女生？應該是幾乎所有人嗎？因為她們比男生們還更信任雅呢。」

我知道他是不好對付的對象，但範圍也太廣了。

「那可能會作為南雲學長的左右手替他好好辦事的主要成員呢？」

「你覺得我連那種事都會告訴你？」

「妳身為學姊，就算稍微把一點功績讓給一年級生也沒關係吧？」

「居然說出那種話呀？還真自以為是。」

她說完就笑了出來。她好像並沒有不願意。

「唉——雖然由我來講也有點怪怪的，不過二年級很團結呢。老實說，我們二年級生不是比一年級和三年級都更快成功分完組嗎？因為在巴士中接受說明後，我們就按照雅的指示立刻也和別班共享了資訊。」

原本應該是要敵對的，但他們果然處在那種一半是夥伴的狀態。

朝比奈的嘴裡說出各班代表級別人物的名字。

巴士中四個班級互相聯絡，在一定程度上決定了小組。

女生那方似乎也同樣這麼進行了。

「在和一年級和三年級的小組會合時呢？當時也是隨意決定的嗎？」

男生是以南雲提出的選拔制度由一年級挑選。

「咦？大部分是吧。」

「大部分的意思就是有一部分不是嗎？」

於是，朝比奈沉思般地雙手抱胸。

「……這是為什麼呢？」

我了解朝比奈腦中浮現了疑問。

她好像沒立即解決這個令她掛心的部分，而保持著沉默。

「妳沒辦法說嗎？」

「不是啦，該說是二年級的女生在決定大組時稍微提出了要求嗎？因為她們有做了一點調整。當時的小組都集中著受雅信賴的成員。」

如果小組是按照南雲指示組成，她們就有可能被賦予特別的職責。這是不清楚二年級的內情就不會聊到的話題。一年級和三年級這些局外人去看，大概只會覺得是一群感情要好的人吧。

「在那些女生隸屬的大組裡，被挑上的一年級或三年級生之中有顯眼的人物嗎？」

「就算你這麼說，我也幾乎不認識一年級生。不過三年級生應該有擔任堀北學長書記的橘學姊在吧。啊，不過負責人是其他人。不會演變成奇怪的狀況。說起來，雅也說過他會堂堂正正地比賽吧？」

「妳還真信任南雲學長耶。」

堀北的哥哥看來也對南雲的那番話有一定的信任。

如果相信堀北哥或朝比奈所說的話，那這一連串的懷疑就會變成是「假動作」。雖然約定要堂堂正正，卻在背後謀求其他手段。為了讓人疑神疑鬼或削減專注力才使用那些假動作。

「那傢伙會遵守自己說過的話。不會使用骯髒手段。說起來就算他對女生小組動了什麼手腳，那也和堀北學長與雅之間的戰鬥無關吧？」

「說得也是呢。毫無疑問是無關的。」

朝比奈的疑問是正確的。

南雲提議的是和堀北哥哥小組之間的勝負，和女生不相關。

所以，橘待著的大組裡混了許多和南雲親近的二年級女生也是不相關的。

意思就是說，這看似表面上裝作正派，背地裡卻另有計謀。看似裝作另有計謀，實際上卻是假動作。

和同組的三年級生——石倉學長的接觸與意味深長的發言也都只是假動作嗎？

如果普通地去刺探，就會有種浮現出好幾個線索而且相符，接著又消失無蹤的感覺吧。真是有趣的做法。

這和坂柳或龍園不同，是風格獨特的戰略。

「所以，若要說有我能說的，那就是你在意就輸了。」

「這還真是幫了大忙。」

我向願意聽我亂來的要求，並且說出內情的朝比奈表達謝意。

當然，對朝比奈來說，她絲毫不認為那會變成雅的阻礙。

因為她壓根就沒想過我這種人會成為他的對手吧。

「不過，你就努力試著給雅來個措手不及吧。我會稍微期待一下的。」

「啊，還有，姑且再讓我問一件事。」

「嗯？」

如果配合惠的消息，就能更增加正確性。我決定再更深入一點。

6

小組就這樣維持糟糕的氣氛迎接了第六天的夜晚。

就這麼結束這天的話，小組恐怕就會沒有明天了吧。預計會拖著不好的關係就這麼進行下去。

要在兩天後就要舉行的考試上留下高分就會變得很困難。

就算洗完澡，回到房間，房裡的氣氛也是前所未有的險惡。

石崎在周圍築起高牆，不想和任何人說話。

啟誠也非常自責，並把自己封閉起來，不打算說話。雖然B班學生想炒熱氣氛而不斷閒聊，但結果還是變得無法忍受周圍沉重的氣氛，不久後也沉寂了下來。

過了不久，彌彥確認接近熄燈時間，就關掉了房間的燈。

為了讓這天趕快結束。

「欸，石崎。可以借個時間嗎？」

在黑暗之中打破漫長沉默的人是橋本。

「不要。」

橋本即使從床上搭話，石崎也拒絕了他。

從床單摩擦的聲音推測，他好像是背向了我這邊。

「這樣下去的話，這個小組大概會相當危險。雖然人數少也有有利的層面，但反過來說也有好幾樣考試內容對我們不利。最壞的情況，就是幸村和某人都會被退學喔。」

到時被抓去陪葬的不就會是石崎了嗎？——這段話也有這種含意。

「囉嗦耶。既然這樣不管退學還是什麼都好，正合我意。」

「哎呀呀……」

感覺橋本好像能伸出援手，石崎卻拒絕了。

橋本像是放棄般嘆氣。

「……呼——」

黑暗中，我無法看見橋本的表情。

這下子要恢復小組的機能，好像變得不可能了嗎？

在我像這樣快要放棄時——

「我小學、國中踢過足球。不僅在社會上被說是什麼名門學校，而且是每年都會在全國比賽的那種隊伍。我並不是王牌，不過也會以正式球員出賽，算是踢得不錯。」

橋本不是針對某個特定的人物，而是對室內所有學生說話。

「你現在不是足球社的吧。看起來也不像是受了傷。」

黑暗中傳來了彌彥的這般指謫。

「嗯。雖然我知道現在不流行了，但我有過一段會抽菸的時期呢。」

「意思是因為事跡敗露而退社嗎？」

「不，我抽菸都藏得很好呢。知情的就只有我的家人。」

「就算抽菸很差勁，這也不成不踢足球的理由吧。」

彌彥的這種疑問是正確的。只要不讓任何人知道，就不會產生問題。

「因為我自顧自地感受到一股像是疏遠的情緒呢。在大家都團結一致以稱霸全國為目標的情況下，我卻好像只是冷冷看著他們。覺得自己不能待在那種場合。還有就是我說不定對足球本身沒那麼喜歡吧。所以很乾脆地就不踢足球，並且決定念書了。因為我原本就很精明，要跟上課業也不太困難。」

「你是在自豪嗎？別講給我們聽啦。」

石崎在此不愉快地吐嘈。

「不論是好是壞，我的長處就只有善於處世。不過，我偶爾也會覺得後悔。看見在操場勤勉練習的平田或柴田，就會覺得自己說不定也會在那個地方呢。我明明應該沒那麼喜歡才對，很不可思議吧？」

橋本有點自嘲地說。

「你呢？你有怎樣的童年啊，石崎？」

「啥？幹嘛把話題丟給我啊。」

「不知不覺。」

「啥……我沒什麼好講的。」

他表示無話可說，拒絕說話。

啟誠在一片漆黑的對話中這樣開口：

「我從小就一直在讀書。好像也是受到年紀差距很大的姊姊以教師當作目標的影響，我一直都被她當作學生一樣的角色。從小學時開始，她就很扯地一直出高難度的題目給我，實在是個很亂來的姊姊。」

「所以你才變得擅長讀書呀。」

橋本像在引導出啟誠的對話般這麼詢問。

「嗯。而且我不擅長運動，也因為我不管怎麼做都是在倒數第一名附近。所以我就決定不克服不擅長的事，轉而去發展長處了。因為我原以為除了要當體育選手之類的人，就算發展運動能力也沒意義。入學這所學校之後，也是碰上了各種問題。最重要的是，我對於會念書的自己擁有與A班相稱的能力深信不疑。」

啟誠就像是回憶當時而一度停下來，陷入了沉思。

他被分發到的班級是D班。當時的絕望應該無可計量吧。

「後來也全是些我無法接受的事。我無法接受有什麼班級的連帶責任，無人島生活更是莫名其妙……我們班上的須藤處在和我完全相反的位置。即使會運動，也不會讀書。我最初以為自己和一個不得了的累贅被擺在一起。可是，在無人島或體育祭上，須藤遠比我這種人還派得上用場。他在我身旁表現出耀眼的模樣。」

他的聲音裡流露出不甘心的情感。

「老實說，我還是有無法接受的地方，但我也逐漸理解了一些事情。那就是就算只有書念得好，只有運動上做得好都是不行的。這場考試也是這樣。如果兩邊都做不好，根本就考不到好成績。不是嗎，石崎？」

啟誠在此對石崎拋話。

「我就說幹嘛把話題拋給我——」

「我和在無人島或體育祭時一樣，心裡全是屈辱。我正在扯小組的後腿。我弄傷了身體，變成是在增加某個人的負擔。最重要的是我還讓士氣下滑。雖然石崎嘴上抱怨著，但在小組裡完成比一般人還要多的職責，我對此卻沒有半點表示。」

打算蒙混過去的石崎語塞。

就是因為處在什麼都看不見、連對方的表情都看不見的一片黑暗裡，有些事情才有辦法揭露出來。

「抱歉，石崎……應該要當模範的負責人居然會是這種狀態。」

雖然啟誠強忍著情緒，但我知道他正在哭。

不過，誰也沒做出說出這件事的不識趣行為。

他並不是想哭才哭，這是不甘心的淚水。

「別開玩笑，你幹嘛道歉啊……是說，責怪你的好像也是我嗎……」

石崎這樣嘲笑自己，然後也繼續說了下去：

「說起來，是你接下了沒人想幹的負責人呢。」

被硬塞也可以拒絕。事實上，石崎就拒絕了。

現在石崎應該發現了啟誠接下負責人的誠意了吧。

「雖然被你指示是讓人很火大啦，但要是沒有那些指示，小組的狀態應該會更嚴重吧。不管是煮飯還是長跑都一樣。」

「沒錯呢。」

橋本邊笑邊說。

會讀書的學生、不會讀書的學生。擅長運動的學生、不擅長運動的學生。

像這種各式各樣的學生聚集起來，於是便形成了一個班級或小組。

在談是敵是友之前，那裡應該早就存在著問題了吧。

彌彥或其他學生也都斷斷續續地暢談了起來。

這天的這個晚上，我們小組初次展現出像個小組的感覺。

——我隱約這麼覺得。

失去的東西、**不會失去**的東西

林間學校的第七天早晨。今天我們作為小組的日子，總算就要結束了。

明早一到，馬上就是考試了。雖然因為橋本的機智，讓我們的小組得以不瓦解，但我們和這個團結力逐漸提昇的小組的關係，也將會在考試結束的同時結束。應該也有不少學生會隱約有點不捨吧。

儘管小組裡大部分學生都對高圓寺抱著厭惡感，但此外的學生應該都變得很融洽了吧。石崎比起高圓寺大概更討厭我，不過他有盡量不把那點表現出來。其實石崎應該很想前來逼問我，但他深知那麼做的下場會是如何。

動不動就發火以及語氣粗魯之處說不定和須藤很相似，但在關於觀察場面氣氛的能力則是石崎這方比較厲害。給人一種會尊敬對方，在該認同的地方會明智地認同的印象。所以，龍園也才會把他擺在身邊吧。

不過就算這麼說，須藤也不遜於石崎。

須藤在身體能力的強度上壓倒性地高出對方，而且現階段須藤的學力恐怕也比較高。須藤持

續接受堀北的指導，今後學力應該也會一點一點地發展下去。雖然類型很相似，持有的武器也各有不同。

「我想先談談明天的道路接力賽。請各位聽我說。」

雖然所有人都在床上，不過目光都望向了啟誠。

「我們只有十個人，所以會變成要給每個人強加龐大的負擔，但視情況不同，說不定反而可以進行得有利於我們。」

「什麼意思啊。人數多的話，跑的距離就會變短，就會很輕鬆吧。」

「如果十五人平均分攤的話，每個人的負擔確實就很少。但當然會更有可能混入許多腳程慢的學生。擅長長跑的學生在這年級裡也是屈指可數。」

「……確實。」

「總之，意思就是說，這也是個縮短差距的機會。」

「可是啊，前提是我們小組整體的運動神經都很優秀吧？」

石崎環顧周圍。我恐怕也被放入了運動神經好的類別，但既然不能算進高圓寺，其他在跑步上能期待的就只有橋本了。這絕對無法說是在長跑上壓倒性強大的小組。最重要的是……

「真慚愧，我自以為了不起地說明，似乎卻沒辦法成為戰力。」

啟誠自己是最清楚的吧。因為在這個小組裡，對體力、跑步能力最不安的就是啟誠自己。但

他身為負責人還是說出了策略。

「道路接力的距離是十八公里。因為規則是一人最少也必須跑一點二公里，如果是十五人的小組，所有人就會強制性要跑相同的距離——一點二公里。但如果是十人小組的話，分配就可以有大幅變更。」

「就算因為受傷不參加，也不能連那傢伙的份都跑吧？」

「畢竟當天因傷病缺席，將以懲罰來處理。不只人數上會變得不利，還會被大幅加算時間的機制。並不會那麼簡單。還有如果交棒點不間隔一點二公里就不行的這點也會很重要。」

校方盡可能地在摧毀如捷徑一般的漏洞。該正當做的事，就必須正當地去做。對腳程沒自信的啟誠、彌彥這兩人，應該至少也要跑一點二公里的距離吧。B班的三人就算放在最低底線或許也沒關係。阿爾伯特的腳程算快，但體力上有需要克服的地方。假如所有人都安排在最低距離，剩餘四人平均跑完的話，一人就要跑二點七公里以上。若是擅長長跑的學生，就十分有可能爭取到距離。啟誠也說出了我正在思考的事。組員們聽完了那些話。

「既然這樣，我就跑三公里……三點六公里吧。」

主動這麼宣言的是石崎。他無庸置疑是這些成員之中能跑步的其中一人。另一人也接連地舉起手。

「這麼一來，我也只能跑了呢。因為我不會不擅長跑長途。」

這麼說著的是橋本。兩名班級代表人物坦率地誓言接下沉重的負擔。這樣就是七點二公里了。

「謝謝。」

啟誠感激地低下頭，坦率地答謝。

若是這種發展，我好像也就得在一定程度上支援他們了嗎？

「那……我也會盡量試試。雖然我不知道可以跑出怎樣的成績。」

「可以嗎，清隆？」

「別有過度的期待。」

然而，關鍵在於這之後。那就是擁有最高潛能，以學年頂級運動神經為傲，連須藤大概都不是對手的——高圓寺這男人的存在。

高圓寺跑得越多，其他學生就會越輕鬆。

他應該會跑最低單位一點二公里，但目前沒答應跑更多。重要的是，我們連他會不會認真跑完都不知道。就算含我在內的九個人全力跑完，如果高圓寺用走的之類的不認真應考的話，就非常絕望了。

「高圓寺，我也想請你跑一下。」

正因為有自覺自己是最大的包袱，啟誠便以更勝剛才的低姿態向高圓寺低頭。

那個高圓寺在床上看著自己的指甲，賊賊地笑著。

「高圓寺。」

啟誠冷靜地再次叫他。

「我當然也會跑。但我沒有像他們那樣跑長程的興致呢。」

他沒有馬上答應。

雖然石崎瞪著高圓寺，但沒有突然跟他起衝突。他這幾天開始理解高圓寺的行動，學到一點小事是沒意義的。

「我想避開小組變成最後一名的風險。」

「是呀，我也了解你想說的話，眼鏡同學。」

高圓寺把目光從指甲上移開，俯視著啟誠。

「就算長距離不行，我也想請你至少認真跑完一點二公里。」

所有組員的目光都向著高圓寺。

「我沒辦法答應你。就算這個小組在綜合成績上變成最後一名，也不代表我會被退學。只有負責人的你會退學而已。你不可能做出指名要同組的我一起陪葬的殘忍行為。沒錯吧？」

假如負責人不是啟誠，而是石崎或彌彥的話，高圓寺說不定就會跑了。

但若是同班的啟誠，他預計被抓去陪葬之類的事情是不可能的。假如他在這邊威脅要是不合作就抓他陪葬，雖然希望渺茫，但也有高圓寺去跑的可能性，但相對地，以後就絕對不會再從高圓寺身上得到協助了吧。

「……那告訴我，你怎樣才願意幫忙？如果付你個人點數，你就願意跑的話，要我支付也沒關係。」

就是因為清楚自己在扯後腿，所以啟誠才會打算自掏腰包提供點數。

「你不要一個人扛，幸村。雖然不多，但我也有一些點數。」

「我也來出吧。」

石崎之後，橋本、彌彥他們也附和似的表示贊同。積少成多，從九個人身上收集點數，就會變成一筆相當可觀的金額。

面對小組所有人充滿壓力的請求，高圓寺他——

「很不巧，我不愁個人點數呢。再說，就算沒有點數也可以過上充實的校園生活。」

團結性增強的小組的想法，完全沒有傳達過去的跡象。

憑一點點的現金，高圓寺果然不會行動。

話雖如此，但就算叫他為了班上努力，應該更會是白費力氣吧。

這幾天為了讓高圓寺動起來，包含我在內的所有組員都絞盡腦汁，或是跨學年請人來幫忙。

但全都以失敗告終。

「那麼意思就是說你不願意跑了，對吧？」

「是啊。」

高圓寺表現出稍做思考的動作，並這麼說道。

「我似乎幫不上你們呢。」

高圓寺這麼說，拒絕了我們。

雖然忍耐著的石崎打算站起上前逼近高圓寺，但啟誠阻止了他。

「但唯有一件事，你們就放心吧。我不打算做必要以上的事，但最低限度的要求，我就完成給你們看吧。畢竟我也有自己的一套做法。」

「總之……你是說，你會留下跟一般人一樣的結果？」

「就是那樣呢。但我的話，就算是最低限度，應該也會留下算是優秀的成績就是了。唉，這對你們來說大概是個好消息吧。」

對於高圓寺的這番話，九個人應該都感受到了才對。

感受到他多少萌生出作為小組的自覺，想要為夥伴好。

但實際上完全不一樣。我一直以來分析著的那個高圓寺只會為了自己行動。

截至目前的所有考試，高圓寺都反覆做出了破天荒的行動。

可是，任何一樣行動都不至於能把高圓寺逼到退學。

雖然高圓寺預測啟誠百分之九十九不會抓他陪葬，但還是有可能性。如果明顯留下了不好的成績，也會被校方指出這點。他在被指名陪葬時，顯然會失去後路。這男人不會犯下那種失誤。

「什麼叫優秀的成績啊。你平常連打坐都沒好好在做，辦得到嗎？」

「呵呵呵，因為坐禪之類的，我在幼年時期就已經精通了呢。No problem。」

「你那到底是怎樣的幼年時期啊。」

高圓寺就算被那樣吐嘈，也持續愉快地笑著。

話雖如此，那樣對啟誠來說或許就夠了。

儘管高圓寺沒有什麼互相幫忙的想法，不過還是做了最低限度的約定。這部分很重要。正因為是同班同學，他才會發覺高圓寺的潛能多麼高。雖然也有很多打坐或筆試等未知數的部分，但像是長跑等體育一類的，他似乎能夠信任。

1

解決一項問題後，接著就是早上的打掃時間了。

啟誠一如往常地打算打掃，結果石崎就搶走了抹布。

「休息一下吧。要是道路接力當天變得沒辦法跑，那樣才教人困擾。」

「不，可是——」

「你休息吧。相對地在筆試上要努力喔。你可要考到一百二十分左右喔。」

「……嗯。雖然沒辦法考到一百二十分，但我會以一百分為目標……」

石崎理解到要互相幫助。啟誠一邊感謝他，一邊在一旁坐下。

「你還真好心耶，不良同學。」

「吵死了，我宰了你喔，高圓寺。你這傢伙從第一天到現在都完全沒做吧！」

「是這樣嗎？HAHAHAHAHA！」

高圓寺不拿抹布也不拿毛巾，就前去大自然中散步。

在二年級和三年級都盯上他的情況下，那態度實在是很光明正大。

「那傢伙有病。你們有那種傢伙在班上，還爬得上上段班嗎？」

搞得甚至讓D班操心。

「……我沒信心。」

啟誠一直都有以上段班為目標的強烈想法，但高圓寺好像果然超乎了常規。

明天正式考試，高圓寺會如何行動也是個很大的要素。雖然在早上的討論上獲得了最低限度的約定，但也並非有了絕對性的保證。他也可能在我們看不見的地方偷懶。

假如，要是他就像掃地一樣否定了參與本身，最後一名的可能性就會變得極高。就算現在對我們睜隻眼閉隻眼的高年級生，說不定也會突然對我們產生敵意。

我認為高圓寺是個不會做出那種事情，而且行事都會經過計算的人，儘管如此仍會防範他那種可能背叛預想的超乎常理性。

石崎好像察覺到啟誠的樣子很不安，於是就靠了過來。

「別擔心啦。只要我們來補足就可以了。」

「這台詞真不適合你呀。你才一天就變懂事了呢。」

「囉嗦耶，橋本。你有意見嗎！」

「我沒意見。小組的名次也會影響我的規畫，我想盡量以上面的名次合格。對吧，彌彥。」

「……算是吧。既然進到棘手的小組，也只有硬著頭皮上了。因為要是拿下窩囊的成績，也會讓葛城同學失望呢。」

橋本對以葛城為中心思考的彌彥露出苦笑，但還是拍了一下他的肩膀。彌彥也有會在長跑之類的運動層面上扯後腿的自覺。雖然講東講西，但態度比一開始收斂了許多。

「我因為坂柳的指示而跟葛城對峙過好幾次。雖然我覺得會被你憎恨，但這回我們是貨真價實的夥伴。只有這次，我們就忘了那段關係吧。」

「哼。這我就不知道了。」

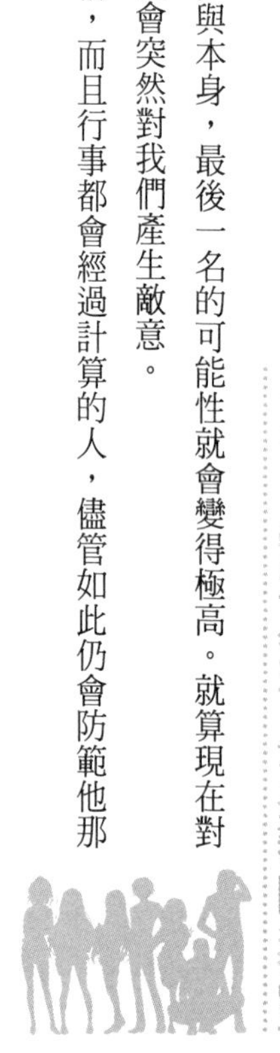

雖然彌彥的語氣沒有很粗暴，但他對橋本的信任度很低。他應該是對於至今葛城受到同班同學的阻礙有無法諒解的地方吧。

「這次把葛城同學設成負責人的不也是你嗎？」

「我沒參一腳。那是的場的方針。」

彌彥沒有接受如此否認的橋本。

即使如此也自我克制，作為小組一員行動，對此我想給他一定的好評。

2

考試就在明天了，現在是最後的晚餐時間。

我看見拿著托盤走過去的一之瀨，於是就叫了她。

不是特別以蒐集情報為目的。

只是因為我隱約感覺到那股氛圍不像是平常的一之瀨。

「妳有什麼煩惱嗎？」

「咦？啊，綾小路同學。不，沒什麼，我剛才只是稍微在思考各種事。」

「妳面臨了難題呢。」

一之瀨打算離開，但還是一度停下了腳步。

「明天終於要考試了，綾小路同學認為這次的考試怎麼樣？」

「這問題還真籠統耶。」

「我希望你告訴我自己老實感受到的事。」

「和至今的考試都不一樣，或許有點嚴苛呢。總覺得退學的風險很高。」

「是呀……但畢竟都到了第三學期，難易度提昇也很自然吧？」

「或許吧。」

「說到風險呀。不是有負責人這制度嗎？成為小組的領袖。」

「嗯。」

「雖然當上那個負責人是件風險非常大的事……但是為了獲勝，自己當上負責人也很重要吧？」

我傾聽一之瀨的話，沒有表示否定。

「就算說了什麼退學的風險，該說總覺得這件事很不踏實嗎，而且又很沒實感……老實說有很多部分都看不見。但我認為真正可怕的既不是因此會失去的班級點數，也不是個人點數。」

「……妳是指同學嗎？」

「嗯。失去夥伴的風險是無法計算的喲。」

「萬一有某個同學要被退學了，妳打算怎麼做？」

「怎麼做……是嗎？」

一之瀨慢慢抬起臉，淡淡地笑了。

「綾小路同學，你果然很聰明呢。」

「妳怎麼會那樣說？」

「因為呀，通常如果要被退學就束手無策了吧？但你知道還有『後續』。」

「雖然那純粹是心理層面上的疑問……」

「如果是心理層面的疑問，就不會使用什麼『打算』這措辭來表達了吧。就會像是『會變得怎麼樣』。或者表達就會截然不同，像是『班上沒問題嗎？』之類的。」

「抱歉。妳真的太抬舉我了。我只是日文不好而已。」

「就算是這樣，我覺得那也是值得尊敬的一種『直覺』」。

「不小心聊得太入神了。」她這樣說完又補了一句「回頭見」，就和我保持了一段距離。一之瀨也有各種事情想獨自思考吧。我目送這樣的一之瀨，隨後她也被其他學生搭了話。這就是紅人的辛苦之處呢。就算想自己思考事情，周圍也不會放她一個人。一之瀨平時都會露出笑容，但今天實在很不一樣。

「嗯……對不起，現在有點沒那種心情……」

面對與她感情要好的兩名少女，明顯沒精神的一之瀨以近似無視的形式離去。

「對不起。發生了各種事情，我今天想要獨處。」

那看來明顯不是裝出來的演技。

這狀態可說和林間學校剛開始時判若兩人。

看見那樣子我就了解到了。坂柳似乎開始動作了。

這次考試引起風波的不會是男生，說不定果然會是女生那方呢。

3

到了考前最後一天，狀況有了大幅變化。

雖然餐廳整體氣氛本身跟平時沒兩樣，但笑著的人和消沉的人的區分非常明確。主要是小組的成功與否出現了對比。

我來到了走廊，就發現惠靠在餐廳出入口的牆上。

我以一副若無其事擦身而過的模樣收下了一張紙條。惠馬上就進了學生餐廳裡。她應該是要

和朋友會合吃飯吧。我在跟惠分道揚鑣後看了那張紙，接著就把它撕碎，分別丟到設置在校內各處的好幾個垃圾桶裡。

虧她這個星期都忍了下來。不過，那好像也終於來到了極限。

我離開學生餐廳，往校舍一隅移動。

因為我讓惠盯上的人物正在為了尋找獨處的時光而四處徘徊。

能在這所林間學校獨處的時間很有限。

雖然也是有在半夜找她這辦法，但我如果長時間不在共同房間的話會被人發現。

這樣的話，利用所有人在學生餐廳齊聚一堂的時間點就是最理想的。

我往那個人前去的方向走，然後蹲下來潛藏著。

她沒發現我，我看見她憋著聲音哭泣的模樣，有一瞬間猶豫了該怎麼辦。

不過，就算說這裡是很難被人發現的地方，仍不知道其他學生何時會出現。既然這樣，我就趕緊解決吧。

「如果有煩惱就該跟堀北……跟前學生會長商量吧？」

「唔！」

少女抬起臉。她是三年A班的橘茜。

她對讓人看見自己沒用的模樣感到慌張，擦掉了淚水。

「你、你是指什麼？」

「什麼指什麼，就如我剛才所說的那樣。」

「我完全沒在煩惱。」

「沒煩惱還哭的話，也算是個問題呢。」

「我又沒在哭！」

她這樣說，同時別開視線。

不打算從那地方移動，應該是因為她知道回到光線強烈的地方，布滿血絲的眼睛和淚水的痕跡都會變得更加鮮明吧。

「我也會有想要獨處的時候。」

「我們確實幾乎沒有私人空間呢。」

硬要舉例的話頂多就是廁所，但長時間利用還是會很不自然。

畢竟應該也會有不少學生看見她進出。

「我認為自己姑且算是站在堀北前學生會長這邊。」

雖然是在騙人，先這麼說，橘應該也會多少增加對我的信賴度吧。

「就算這樣你也不成戰力。」

唉……她這麼說，我也無話反駁。不如說她光是透露消息都會有風險。

「妳就想成光是我不會成為敵人就算是不錯了吧。」

「是說，你可以不要對學姊省略敬語嗎？至今是因為有堀北同學在，我才沒有把話說得很重……」

比起這個請求，我比較好奇她平常都稱他為「堀北同學」的這件事。

雖然他都不做學生會長了，稱他「堀北學生會長」也很奇怪。

也有加上一個「前」字的稱呼方法，但橘使用的話會很不自然。

「你……一年級還真好呀。還真是漫不經心。」

「妳還真怯懦耶。明天考試有什麼不安的地方嗎？」

「什麼事也沒有。雖然沒擔任負責人，但和組內的關係也絕對不差。倒不如說還相處得很和睦。」

「那妳怎麼會在這種地方哭？」

「就、就說我沒在哭了！」

我指著橘的眼周，她就連忙用自己的指尖確認有沒有濕。她知道沒濕，就用有點生氣的眼神瞪了過來。

「我在擔心的……覺得不安的，是有關堀北學長的事情。」

雖然這應該不是謊言，但也算是個謊吧。

我還不能提及那件事。

「擔心呀。那男人有什麼好讓人不安的嗎？」

「堀北同學……堀北同學一直都是獨自奮戰。到現在都一直在和二年級、三年級奮戰。你大概不會了解獨自對抗周圍所有人的辛勞吧。」

就算我想了解也不可能會明白。

「雖然我在一定程度上知道南雲率領的二年級是敵人，但三年級也存在著敵人嗎？應該沒那麼多反叛分子會忤逆曾當上學生會長的男人吧。」

「你把堀北同學誤會成是獨裁者還是什麼了吧？雖說是學生會長，但他並不像南雲同學那樣姿意妄為。因為在任何考試上都不能鬆懈呢。」

就算她這樣說，但我到現在就連聽見三年級內情的機會都沒有。再說，我對堀北哥哥的背景一無所知。但在考試上無法鬆懈也就表示……

「意思是說，難不成三年級到目前班級競爭仍勢均力敵地在對抗？」

「至少……如果堀北同學被打敗的話，A班就不會是絕對的保障了。」

「哦……」

南雲的確也有說過呢。說三年A班和B班的差距是三百一十二點。如果堀北哥哥以外的戰力很貧乏，或是B班有優秀的學生，那就十分有可能。

「意思就是說，那傢伙也是個普通學生。」

「堀北同學是——！……沒什麼。」

她壓抑住不禁大聲說話的自己似的停止說。

但她就像要傾吐不甘心般慢慢這麼說：

「因為我們A班學生老是在扯後腿……也失去了許多可以不用失去的班級點數，連個人點數都——他一路以來總是在犧牲自己保護夥伴。」

如果橘這話是真的，也就是說堀北的哥哥是平田那類人嗎？老實說，看起來不像是那樣。當然，因為那是人在三年A班的橘所說的話，應該也算是某種程度的事實吧。他恐怕完全不表現出自己是個好人，應該也在幕後處理過很多事才對。比任何人都在他身旁一路看最多的，就是這裡的這個女人。

「總之，妳是在擔憂現在的狀況才悶悶不樂？」

「就算是我，也有聽說男生的狀況。堀北同學被南雲同學挑起比賽的事，他因此而無法動彈的事，還有我們完全幫不上忙的事。」

「幫不幫得上忙也要取決於你們的努力吧。」

「那種事情我知道。」

橘眼睛好像溢出了淚水，她用手臂再擦了一次眼睛。

那些淚水也許是因為想著堀北哥哥才流，但她也有其他苦衷。

「妳現在應該有煩惱吧？」

「……沒有。什麼都沒有。」

她這麼說，表示否認。

「真的是這樣嗎？」

「真纏人耶，我並沒有煩惱。」

「假如——不，如果妳這麼說的話，就是我誤會了吧。」

「對，是你誤會了。請別跟堀北同學說什麼奇怪的話。」

「嗯。」

橘有點嚴厲地警告我，就往餐廳的方向走了回去。

意思就是說，就算有什麼萬一，她也不想讓堀北的哥哥知道真相嗎？

但那個判斷是錯的，橘。那不是自己付出犧牲就會解決的問題。

「也就是說，如果我不出手就完全會是死局了呢。」

我目送橘脆弱的背影，然後有了這種把握。

4

深夜。我因為床鋪些微的嘎吱聲而醒了過來。有名學生在一片漆黑之中行動。當然，就算是零視野的狀態，我也知道那人是誰。那是應該要睡在我上方的橋本。他使用床鋪的梯子不作聲地著地，連手電筒都沒拿就離開了房間。後來我慢慢直起了身子。

我想他幾乎毫無疑問是去廁所，但也有除此之外的可能性。

目前為止的一個星期，橋本都沒在半夜跑去廁所的這點令我掛心。

我只隔了一點點間隔，就決定起身追趕橋本。

就算他站在門外，被他發現到我，我也只要回答是起來去廁所就好。

正因為是和我共享同一張床，橋本也只會覺得是他不小心把我吵醒。

我屏氣凝神來到走廊。

雖然只有緊急照明與外頭照入的月光，但就算沒有手電筒也勉強可以走路。

我看見橋本往廁所的方向消失蹤影。我追著他，並且邁步而出。

這時，橋本在那條彎過一次就只要直走的走廊往左彎過去。

看來他並沒有乖乖地前往廁所。

橋本下到一樓，他直接穿著室內鞋出去外面。我一邊靠近一邊潛藏在一旁的牆邊。除了橋本之外，沒有其他學生的人影。他只是考前睡不著，而來呼吸外面的空氣嗎？或者是在等人呢？我馬上就知道了答案。

我感覺到有人朝著這邊過來的動靜，便暫時往其他地方移動。因為出現了另一個人影，這感覺就是橋本外出的目的。那人影走著橋本剛才通過的路，然後到了外面。

正因為是完全沒有蟲鳴的狀態，人聲比我想像得還更清楚。

「嗨，龍園。」

「你到底有什麼事？」

「我有點事想先談談。在餐廳的話，你太引人矚目了。如果不是這種深夜的話，就沒辦法把你叫出來了吧？」

「在最後一天？」

「就因為是最後一天，我才把你叫出來。這是其他人睡得最熟的時間點。」

「……原來如此。也對。」

沒有學生會特地在考試當天的深夜裡熬夜。

就是因為這樣，橋本才會挑在這時機和龍園密會嗎？

但龍園和橋本，這真是讓人意想不到的組合……不過好像也並非如此嗎？

龍園在無人島的當時就和A班有段關係。就算中間人的角色有橋本在也完全不奇怪。

「我不擅長拐彎抹角的說話方式。就讓我單刀直入地問吧。你真的不做班級領袖了嗎？」

「呵呵，你好像難以相信呢。」

「至少我實在難以相信你被石崎他們籠絡了。」

橋本告訴他心裡因為這件事情有個疙瘩。

因為被石崎籠絡確實也有點愚蠢呢。

「那傢伙就先不說了，阿爾伯特倒是很棘手。正面互毆的話可是很棘手的呢。」

「原來如此。嗯，阿爾伯特確實是個威脅嗎？不過，我認識的龍園翔何止不會害怕那種對手，還是個總會思考反擊手段的男人。」

他的懷疑豈止是減弱，甚至還增加了。

「我只是厭倦了統籌那群會對我發起謀反的人。只要可以從你們A班持續搾取點數，我就會一直待在安全範圍。我沒道理拯救那些傢伙。」

「原來如此，所以那才是你的真理呀。」

「接受了嗎？」

「不知道耶。老實說，還是半信半疑會比較好。再說，對我個人來講，會希望你抵抗現在的

狀態呢。」

「為了讓你賺零用錢嗎？」

「沒錯。我就像你一樣想要『有保障的A班』呢。」

只要可以存到兩千萬點，就能購買移往A班的權利。

得到那些點數的學生就安穩了。會是任何人都羡慕的狀態。

但要實現極為困難。看來這個橋本也是盯上那點的學生之一。

「如果想要有勝出的保證，你應該也有出賣坂柳的覺悟了吧？」

「如果有必要的話。」

橋本雖然這樣回答，但也立刻做了補充。

「要我出賣坂柳可不便宜喔，龍園。因為目前沒人的地位能比坂柳高呢。我都難得待到了有利的陣營裡了，你明白吧？」

「我就來觀賞你的蝙蝠外交會順利進展到什麼地步吧。」

「我算是很擅長處世，我會巧妙地讓自己占上風啦。不過，可以像這樣直接說話真是太好了。你的眼神裡好像沒有失去生氣呢。」

橋本打了呵欠，最後這麼補充。

「你們被平田的班級超越時，我還想說你們在幹什麼，但他們或許意外地棘手呢。」

「啊？」

「如果冷靜地觀察成員，就會發現他們齊聚著優秀的人才。我真想趁早擊潰他們。」

「想不到你會給那些傢伙好評耶。你有什麼在意的男人嗎？」

「至少高圓寺是個威脅。要是那傢伙為了班上行動，老實說A班也不知道會變得怎樣。而且也有平田加上幸村這些高學力的學生，須藤也擁有年級裡數一數二的身體能力。」

「姑且不論其他傢伙，我不覺得那男人會有動作呢。」

橋本笑了出來，接著同意了那點。

「即使如此也不知道什麼時候會變得怎麼樣。我會先小心謹慎的。就算平田他們升上了A班，只要還留有我介入的餘地，就不會有問題。」

「雖然你有沒有那種力量很不好說，但你就在自己不會吃虧的程度上加油吧。」

龍園鄙視著橋本，便打算這麼打住。

「就算是上大號，上太久也是會很麻煩的。」

「嗯。」

我察覺到兩人的談話要結束了，就打算離開現場。橋本也馬上就會回來房間吧。如果在那之前我沒在床上睡覺，就可能會被發現到什麼。

不過，我察覺到了其他人靠過來的動靜，所以就中斷了回房間的動作。

對方馬上就發現了龍園他們，並且向他們搭話。

「一年級也在這種時間密會呀。」

「啊？」

站在要返回校內的龍園等人面前的，是南雲雅和堀北學。

雖然龍園有一瞬間停下了腳步，但馬上就失去興趣並邁步而出。那是南雲前進的路線。

不過，南雲沒打算避開。

「滾啦。」

面對怒視著的龍園，南雲覺得很有意思似的笑著。

橋本心想怎麼回事，他回到走廊上之後，就和南雲對上了眼神。

「我有聽說你不良的事蹟。你好像叫做龍園嗎？我接下來要和堀北稍微談談，你也加進來吧。」

「那邊的也順便吧。」他也這樣對橋本說。

「我沒興趣。」

龍園用自己的肩膀撞了南雲的肩膀。

「真強勢耶。你不怕我嗎，龍園？」

「我管你是學生會長還是什麼，我會擊潰妨礙我的傢伙。」

「哦——」

面對毫不動搖的龍園，南雲好像有著一定的興趣。

「我不討厭喔，像你這類型的人。只不過，你不適合我的學生會就是了。」

南雲對打算邁步走掉的龍園繼續說：

「要不要作為局外人參加賭局？這次的特別考試，我和堀北學長的小組哪一方會拿下較高的名次。一份一萬點，如何？不管你賭哪一邊，要是猜中，我會付你那一筆金額。雖然猜錯時還是要請你確實付清。」

「無聊。我對那種小錢沒興趣。」

「一萬圓是小錢嗎？在D班的話應該會一直缺錢吧。再稍微增加也沒關係喔。」

「那就一百萬。如果你能讓我升到那筆金額，我就跟。」

龍園說完，就回過頭。

「哈哈哈，真有意思呀，龍園。真是個大膽的玩笑。你可以走了。」

看來他認為龍園的提議是在開玩笑。

「如果你連升到那種金額的勇氣都沒有，就別對我提出什麼賭注。」

「欸，那邊的一年級。你覺得龍園付得出來嗎？」

南雲這麼詢問橋本。從知情他與A班之間密約的橋本來看，他無疑知道龍園擁有那些點數。

但是——

「不知道耶……因為不同班，這很難說呢。」

「要是有手機取得確認，要我跟也可以就是了。真遺憾。」

結果賭局好像終止了。

橋本也打算在這個時間點從南雲他們面前離去。

南雲好像已經沒把他們放在眼裡，他把視線從兩人身上移開，望向了堀北的哥哥。

「堀北學長，明天的考試，就請你棄權嘛。」

他突然這麼開口。

龍園不感興趣似的走著路，橋本卻不禁停下了腳步。

「你說棄權？」

「對。」

「那好像是比剛才龍園開的玩笑還要惡質的話呢。」

「我還滿認真的就是了。」

「只不過——」他這麼補充。

「這是為了學長好喔。」

「說得讓我好理解一些吧。你有在腦中自己把事情做出結論的壞習慣，好像到現在都還沒改

過來呢。」

「不好意思。太能夠看見未來結果也是件需要好好思考的事呢。因為如果學長沒辦法棄權，學長可是會後悔的呢。這可說就是我釋出的慈悲。雖然我也是可以不警告並且陷害你，但那樣不就太殘酷了嗎？」

「你打算幹嘛？視情況不同，我也可能不會接受。」

「我很清楚啦。比賽方式是不捲入旁人並且堂堂正正地獲勝。但如果就這麼迎接考試，到結果分曉之前都不會知道哪邊獲勝。當然，雖然我預計這會是場勝負難分的比賽。正因如此，我很想贏。為此我使出了手段。」

「那和勸我棄權有關聯？」

「因為那麼做受到的損害才會是最小的，學長。你可以算出我的布局嗎？不，你算不出來，對吧。這所學校根本沒有任何學生可以算出我的想法。狀況就是這樣。你中意的那個也差不多……那是一年級的誰呀？」

南雲微微地游移視線，故意看了橋本一眼。

但橋本根本就不會知道。

「啊，對對對。我記得好像和這個一年級同組。就是綾小路清隆。」

南雲就像是要讓橋本意識到，而這樣強調並說出我的名字。

「你怎麼看，橋本？關於綾小路。」

「怎麼看嗎……不，我認為他是很普通的學生……」

對於我這個他完全沒預料到的名字，橋本內心很動搖。

「是吧？不過，堀北學長在一年級中好像最賞識綾小路。」

「那是因為他們在體育祭的接力賽上演了一場精采的比賽嗎？」

「一般來說是那樣呢。但好像不只那樣耶。既不是坂柳，也不是龍園，而且也不是一之瀨，堀北學長器重的人是綾小路呢。我原本以為跟他同組的你會感受到什麼。」

「沒有……」

「這是怎麼回事呢，學長？你也是時候把理由告訴我了。」

「這是你在放大解讀，南雲。我哪時跟你說過我賞識綾小路了？就算宣揚與事實不同的事情也沒好處。你捉弄一年級生也該有個限度。」

「不好意思，學長。說得也是呢。抱歉，橋本，剛才只是開點玩笑。」

「這樣啊……」

我有點好奇對話內容，但還是決定就此打住。

既然三人堵住了走廊，我就必須從對面那側的樓梯回去房間。

雖然會繞遠路，但我決定通過其他路線先返回。

若橋本回房間時我不在，這件事或許就會產生奇妙的可信度。

我回到房間幾分鐘後，橋本安靜地回到房間。

總覺在一片漆黑中有視線投向人在下鋪的我，但也僅只如此。

後來回到上鋪的橋本靜靜地睡著了。

女生們的戰鬥（後半） 堀北鈴音

明天就是正式考試了。現在原本是學生們享用晚餐的時間。

我——堀北鈴音與共同房間中的某個人物做了接觸。

因為若是這時間，其他學生全都在餐廳，所以要獨處很容易。

「那個呀，堀北同學。老實說，我覺得堀北同學看不見現狀。」

眼前的櫛田同學對我投以認真的眼神。

話雖如此，這裡是狹窄的林間學校之中，也不知何處會有別的耳目。我不能忘記眼前的只是表面上的櫛田桔梗同學。

「看不見現狀，這是什麼意思呢？」

「以監視我為目的……或為了讓我認同妳是夥伴，所以妳才會強行把我拉進同組。對吧？」

櫛田同學假想著隨時都會有人過來，而以近似平時態度的形式應對我。但她的講話方式很強硬。因為她確定這不是可以做出用手機錄音等等的小動作的狀況吧。對我來說，那也是我該歡迎的事。如果她一直隱藏本性就遲遲不會有進展了呢。

「嗯。我不否認有些部分上確實有那種目的。」

我認為自己有稍微強調「有些部分」這一塊，但櫛田同學完全沒放在心上。

「妳好像是憑著私人情感在行動，但我在想那就戰略來說不知如何呢。我和堀北同學的感情的確不好。但如果要將小組成績……不，若是為了班上好的話，就應該抽離個人情感吧？」

櫛田說完就嘆著氣，雙手抱胸，提出自己的正論。

「該優先的事情都變得只有我，輸贏都變成了次要。不是嗎？」

「是啊，那點我不否認呢。」

「妳承認了呀。」

事實上我沒有理由否認。自從決定要舉行Paper Shuffle之後，我就只想著櫛田同學的事情在行動。寒假約她出去喝茶也是如此。我正在做至今為止的人生中根本不會做的事。

「妳做什麼都是白費力氣。真希望妳差不多可以了解到那點了呢。」

「很遺憾，這是難以達成的商量。」

只要沒解決和櫛田同學之間的問題，我就無法向前邁進。

「雖然這話不該由我來說，但妳已經忘了妳讓我在妳硬拉出來的學生會長面前發過誓了嗎？就先不說我滿腹的怒火，但我答應過不會對堀北同學做出妨礙的行為。我以為妳至少會理解我不會做出不謹慎的行為。還是說，妳是覺得我隨時都會打破那項約定？」

對於那項疑問，我沒辦法做出回答。

櫛田同學也很清楚我的想法吧。

半信半疑才是正確答案。雖然櫛田同學很不情願，但我也期待她擁有會守約的特質，但同時也覺得她可能在背後為了讓我退學而行動——我心裡摻雜著這兩種情感。

如果我不懷疑櫛田同學，也不必像這樣一天到晚纏著她。

而且哥哥雖然不會說出去，一旦他畢業了，誓言也將等同於不存在。如果我要採取動作，就只有哥哥畢業不在學校之前的這段期間。時間所剩無幾。

「我想被妳信任。」

我決定投出直球決勝負。

「妳還真坦率呀。」

櫛田同學正面接下那些話，同時露出了淺淺的笑容。

但那笑容不是肯定性的笑容。我不能弄錯那點。

「不論如何，我都不會把妳的過去告訴別人。我要怎麼做，妳才能相信呢？」

「很遺憾，我不可能會相信吧。」

櫛田很乾脆地這麼斷言。

「我告訴別人不會有好處。」

「可能確實沒有呢。要是我知道妳和別人說了，我不只不會饒過妳，說不定也會考慮像國中時那樣讓班級瓦解。以A班為目標的堀北同學，當然不會做出那種只有壞處的事情。會那樣想是很自然的。」

感覺我的想法也直接傳達給櫛田同學。

但是，就算這樣她大概也有無法屈服的理由吧。

「可是呀，要我說的話，我覺得現在的環境很拘束。」

「拘束……？」

「好比說呀，妳的脖子被別人抵著一把刀，對方說不會傷害妳、拜託妳合作，這樣妳還能服從別人嗎？想傷害也無法傷害的狀況，以及想傷害就能傷害的狀況，這兩者身處的立場是不一樣的。妳懂吧？」

櫛田同學誰也不信任。她並非以好處或壞處在判斷，她是看不順眼自己以外的人擁有可能會讓他人變得有利的消息。

所以她才會打算排除我。

棘手的是，我的手沒辦法放開那把刀。

「不過，都怪這樣，妳這不是在自掘墳墓嗎？事實上，知道妳的事情的人也正在一點一點地增加。」

「是呀。我承認狀況變得很艱苦。」

「妳很聰明。學力或運動神經都在常人以上，溝通能力的優秀程度也是學年第一……不，視情況或許可說是全校第一。像這樣和妳說話，也讓我很佩服妳腦筋的靈活度。如果可以作為同學受到妳協助，妳就會成為班上的一大助力。妳自己應該也會更加受到周圍感謝才對。」

「妳不知道那種一副了解的語氣才最讓我焦躁嗎？妳就是因為知道我真正的人格，才會來提出那種提議。我就是在說我很不爽這點。若是毫不知情的人就絕對不會用那種方式講話。」

「那是……」

她絕對無法接受知道自己過去的人物。這種意思強烈地傳達了過來。

「妳比我聰明，所以就算不是這所學校也沒關係吧。再說，就我所見，堀北同學是因為想和妳哥哥在同一所學校才來這裡的吧？但妳哥哥快畢業了，妳也沒必要硬留下來了吧？在不一樣的學校讀書，不管要升學也好、就業也罷，妳只要好好做就沒問題了喲。夠了吧？」

櫛田像在說繼續廢話是浪費時間似的要結束話題。我沒辦法留住她，靜靜地嘆了氣。

「我會先暫時安分。不過，我絕對不可能信任並且幫助堀北同學。妳最好記住只要我或妳某一方沒有從這所學校消失，這件事無論如何都會是兩條平行線。」

「……我知道了。今天就先到這邊。」

「不只是今天，請妳把這當作是最後一次。」

櫛田同學留下這句話，就邁步走向走廊。

「我真無力。」

值得依賴的夥伴真少。

這種時候感覺最可靠的會是綾小路同學，但我和他產生了距離。

我強行讓他在櫛田同學面前講出學生會的事，應該就是起因吧。

不過，我也有無法退讓的事情。

我和她的爭執，只有藉由反覆接觸才能夠消除。

就算變得無法從他那邊獲得協助，我也會選擇櫛田同學。

不，是我不得不這麼選擇。

死角

林間學校的最後一天——換句話說，就是以特別考試決定小組優劣的日子終於到來了。至今為止的一個星期，所有年級、男女加起來高達三十六個小組，大概都各自度過了一段屬於自己的時光吧。

其中有增進關係提昇合作的小組、被逼到幾近瓦解的小組，或者可能也有沒增進關係就淡然地結束日程的小組。

我一開始以為我們小組裡的任何人都不會跟對方打成一片。

不過結果上來講，我們大幅拉近了彼此的距離也是事實。

當然不是完美的。終究只是個東拼西湊的小組。

我們彼此到了明天又會是敵人，只是一時的夥伴。

即使如此，我仍對這小組活動的結束感到一抹寂寞。

「總之，該做的都做了。不論結果如何，我對這小組都不會有後悔。」

「我也這麼覺得。謝謝你這星期願意當負責人，幸村。」

石崎和啟誠也不知是哪方主動，他們伸出手，輕輕地握了手。

「不論結果如何，都全力以赴吧。」

「請多指教啊。」

其他學生也各自稱讚對方，也有些人彼此握了握手。

之後，我們便前往了小組被指定的教室。

團結力無可挑剔。其中最令人惦記的就是高圓寺的動向。

他目前狀態很沉著，只是靜靜地跟著我們。

不過，任何人都無法預測他何時會失控。

同組的二年級生和三年級生好像已經抵達，我們有點急忙地就坐。後來，教師在打鐘的同時進來後，就開始做起考試內容的說明。

雖說是混雜著所有年級的大組，考試本身還是按照小組或學年舉行。大組只會為合計時的名次帶來影響。

就算林間學校的土地幅員廣闊，但同時做一樣的事還是會爆滿的。

考試內容就如預想中有四項，沒有預想之外的內容。

會舉行「禪」、「演講」、「道路接力賽」、「筆試」這四樣考試。

我們一年級會先從打坐開始考，接著是在教室裡筆試，再來道路接力賽，最後考演講的這種流程。另一方面，二年級生是從道路接力賽開始考的這種困難開局，三年級好像則是從演講開始考。

1

吃完早餐的我們前往打坐場。

今天不用打掃，馬上就開始考試了。一年級的男生全都集合在一起。

「那麼，接下來開始打坐考試。評分標準有兩項。進入道場後的禮節、動作。打坐中有無亂動。打坐結束後，直到有下一場考試的指示為止，請你們都待在各自的教室待命。現在被叫到的學生依序排隊，並且以這個順序開始考試。那麼考試開始。A班，葛城康平。D班，石崎大地——」

師方唱名。

葛城之後被叫到的是石崎，發展令人意外。

周圍吵鬧了起來。

「快點啊，石崎。接著，是一年B班的別府良太。」

不知所措的石崎連忙上前排隊。

「和平常的順序不一樣嗎……」

雖然啟誠很慌張，但還是趕緊做了心理準備。我確實沒怎麼料想到這點。

我們在至今的一個星期反覆打坐，但全都是小組聚集在一起。之前左右的學生都是小組內的任意學生相鄰，但這次校方好像是隨機分配。我們要在自己的領域裡接納不熟悉的學生。雖然是些微的差異，但在考試當天沒做好心理準備的當下，感覺就會像是門檻變高了吧。

面對校方彷彿要讓學生動搖的目的，很快就已經有一些學生受到影響。

啟誠很動搖。一雙大大的手搭在他的肩上，那是阿爾伯特。啟誠受到阿爾伯特提醒他要冷靜下來的顧慮，看起來就稍微恢復了冷靜。

「抱歉。我從第一場考試就這樣，也會影響到小組的士氣呢。」

啟誠沒把負責人的沉重壓力往壞處想，而是正面思考。

後來，啟誠就被叫到名字。他確實應聲後，就進到了道場裡面。

結果，我在小組裡是在阿爾伯特前面、倒數第二個被叫到。

道場內，有許多教師拿著板子和筆站著。

而且，好像是為了讓計分有可靠性，道場裡甚至設置了好幾台很不相稱的攝影機。

畢竟我也記住了打坐的基礎，沒什麼好抱怨的。如果機制上極有可能是採取扣分制的話，算

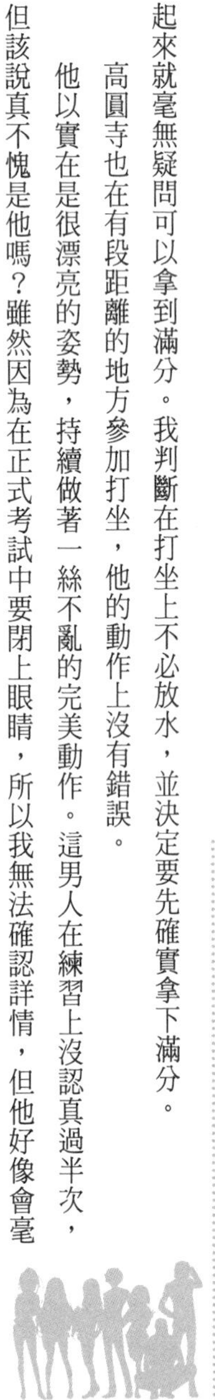

起來就毫無疑問可以拿到滿分。我判斷在打坐上不必放水，並決定要先確實拿下滿分。

高圓寺也在有段距離的地方參加打坐，他的動作上沒有錯誤。

他以實在是很漂亮的姿勢，持續做著一絲不亂的完美動作。這男人在練習上沒認真過半次，但該說真不愧是他嗎？雖然因為在正式考試中要閉上眼睛，所以我無法確認詳情，但他好像會毫無問題地完成考試。

2

打坐結束，大家沒有私下交談，就開始直接離開道場了。

當然，在出去道場前都算在計分範圍內吧。我們承受老師們的視線，同時默默離開道場，遵從暫時移動到各自教室的指示。

小組所有人都到教室後，啟誠好像就鬆了口氣，馬上坐到了椅子上。

「腳在正式考試上麻掉了……」

「你忍下來啦？」

石崎的腳好像也麻掉了，他邊摸著幾個令人在意的地方，邊這樣問啟誠。

「算是吧。但說不定會受到一點扣分審查。」

「不過，就算在意也沒用吧。都結束了也沒辦法。你也這麼覺得對吧，綾小路？」

橋本說完，就看了我。

「是啊。接下來是啟誠擅長的筆試。把注意力集中在那邊會比較好。」

橋本的腦中應該也還記著南雲半夜告訴他的事情。

話雖如此，他也不可能直接問我什麼。

因為說起來，橋本不知道堀北的哥哥是把我的什麼部分看得很特別。

除了我們之外，一年級的兩個小組也來會合了。

其中一組，是明人擔任負責人、有龍園在的小組。

我看見石崎和阿爾伯特望向龍園。

龍園完全沒看向這邊，獨自就坐。他沒和任何人說話，就只是一個人待著。像是有待在小組裡，卻又像是沒待在小組裡。

散發出完全只有自己一人的孤立氛圍。

「這實在很奇怪耶。」

站在我一旁的橋本，喃喃道出自言自語般的台詞。

雖然要無視是很簡單，但這裡我就先稍微順著他的話吧。

「你是指？」

「石崎和阿爾伯特的眼神呀，實在沒有那種看著憎恨對象的感覺。我覺得那簡直就像被主人遺棄的寵物那種帶有哀愁的眼神。」

「我不太懂耶。不是石崎他們難以忍受支配，主動去找他打架的嗎？」

「雖然是這樣啦……但說不定龍園的退場有什麼隱情吧？」

橋本恐怕沒有任何把我和龍園做連結的要件。

不過，考慮到南雲之前對龍園很感興趣，就算他把話題強行帶去那個方向也不足為奇。

「誰知道……我不太了解別班的情況。」

「是嗎？問了奇怪的事情，真是抱歉呀。」

不久，十分鐘的休息就結束了，直接轉移到筆試。

關於筆試沒地方值得特別提出。

在林間學校裡學到的東西都直接被當作考試出題了。

這也是只要抓到訣竅的話，幾乎毫無疑問可以拿下滿分的內容，但若是會陷入苦戰的學生，也可以想像會考到大約五十到七十分。

該怎麼辦呢……

我在周圍都認真面對考卷的情況中，摸索著自己考試結果的落點。

雖然我認為個別的結果恐怕不會被公布出來，但向校方表現出接連考出滿分的模樣不太理想。

畢竟最近有很多學生來刺探我。

只不過想先考個高分也是我的真心話。

然後我就得到了結論。

我只失誤了一題感覺偏難的題目，先以這樣的形式解決。

這樣就一定會考到九十五分以上了吧。

我做完所有解答後，有種想眺望窗外的心情，不過不小心被當成作弊也很傷腦筋，所以我就靜靜地閉上眼，等待考試結束。

考試結束後小組暫時集合，進行了簡單的自我評分。

不過，就算自我評分結果也不會改變，即使在意那個題目的對錯而耿耿於懷也沒有用。不過這多少有轉換心情的效果。雖然高圓寺考試結束就出了教室，所以要除去一個人就是了。

石崎不出所料，似乎有很多題目都不懂，我的保險手段好像發揮了意義。

話雖如此，筆試整體上很簡單，應該不管哪一組都會維持著很高的水準吧。

然後，就我看見道場裡其他學生的模樣，「打坐」說不定就和「筆試」一樣不會產生很大的差距。大家看起來都有在一定程度上確實打坐。

只要「演講」上也跟「打坐」一樣把學到的知識都確實發揮出來，好像也不會出現分數差距，考試中確實會出現藉由名次產生結果的「道路接力賽跑」好像就會帶來很大的影響。如果單純以名次去打分數，小組拿下第一名可想而知就會是一百分……

覺得第一名等於一百分好像也太憨直了嗎？總覺得時間好像也會帶來影響。反過來說，就算是第六名，如果時間很漂亮，應該也會獲得一定的加分吧。以多快、多高的名次結束才會是關鍵。

我走到外面，發現停了好幾台廂型車。似乎會用這些車把各個學生載到接棒位置。我們搭上廂型車後，教職員也再次做了說明。

作為最低條件，每位學生要跑一點二公里以上。

交棒位置只接受每間隔一點二公里。

如果因為意外而跑不完或未滿最低條件，就會失去考試資格。

老師仔細地告訴我們這三樣資訊，並只讓跑頭陣的啟誠下車，接著就開車出發。

我們跑步的順序是從對腳程沒自信的學生開始。啟誠是第一棒，緊接著是B班的墨田、時任、森山，第五棒則是彌彥。這是考慮到初期階段地形起伏較少，以及盡量不給跑者帶來跑步時

被超前的壓力。

這五人是最短距離一點二公里。合計消耗六公里，接著是橋本，他會全力跑完包含回程的三點六公里。然後阿爾伯特接棒跑了一點二公里後，就會接續跑三點六公里的石崎。雖然阿爾伯特的後面是我也沒關係，但啟誠預計接著同班同學在合作上應該也會比較流暢。高圓寺只跑一點二公里，所以我會跑二點四公里，並且把最後一棒交給他。啟誠最後得出的結論就是這樣。

把高圓寺放在最後，是為了把抵達終點的榮譽讓給他，讓他盡量鼓起幹勁，以及為了不給人帶來擔心高圓寺是不是不會交棒的不安吧。

如果把他放在中間，而他又放水的話，也會有無法掌握是誰跑得慢的缺點。

石崎下了廂型車。車內剩下開車的老師、我和高圓寺三人。

因為車子會折返，就算先把我們放下車也不奇怪，不過大概是因為規定要按照跑步順序下車吧。

接下來，我只要在最後終點三點六公里前待命就好。

廂型車開始折返我們開過來的那條路。

「綾小路boy。我就直問了，如果在道路接力賽上拿下第一名，綜合成績上會變得如何？」

「……就算問我那種事，我也不可能會知道。說起來考試結果是大組的平均分數。應該要取決於高年級生的活躍程度吧。」

就算我們再努力，其他人不行的話，第一名還是會很困難。

「你就算說謊也不會說有第一名的可能性呢。」

「你也不是那種因此就會奮發的男人吧。」

「不知道耶。你要不要把你跑的一點二公里交給我？如果我全力跑完的話，就很有可能會贏過其他小組喔。」

高圓寺探出身體，在我耳邊這麼低語。

「今天吹的是什麼風啊？」

「我心血來潮。心血來潮覺得也是可以幫忙。不賴吧？」

「總之，意思就是說，你在這二點四公里會負起責任留下結果？」

「不需要那種死板的表達啦。因為這只是我的一時興起呢。」

「這樣啊。抱歉，我拒絕。我不打算自作主張改變啟誠的作戰。」

「呵呵呵。是嗎，那還真是遺憾呀。」

說完，高圓寺就離開我，回到了位子上。

雖然不知道他想怎樣，但我不打算冒險。

因為心血來潮要幫忙，意思就是在正式考試中也可能因為心血來潮而放水。高圓寺答應的只有最短距離。總之，他應該也有可能在剩餘的一點二公里上放水吧。他剛才岔開會不會負責的問

題就是證據。再說，因為我的判斷而製造出多餘的麻煩，也會殃及到我自己。

「你好像比我想得還要聰明。不過，同時也是個無聊的男人。」

如果他今後會因為這評價把我看得和其他學生一樣，就太令人感激了。

我下了廂型車，在距離終點三點六公里前等待石崎的到來。

「嗨，綾小路同學。」

這地點當然也有別組的男生，我被平田搭了話。

「你應該不是最後一棒吧？」

「嗯。我後面有高圓寺等著。你那邊是須藤嗎？」

「嗯。雖然他本人想跑更多呢。但因為是十五個人，也沒辦法那樣。」

現在在最後一點二公里前的須藤可能會對高圓寺燃起競爭心。

「對我來說人數多才比較好。畢竟應該可以輕鬆一點吧。」

「總之，我們都加油吧。因為只要超過及格標準，任何人都不會退學。」

「嗯。」

等待期間，要各自閒聊或安靜專注精神都自由。

每隔一點二公里也設置了供水站，所以我們也可以攝取水分。

不過，要是在跑步前大口喝水，也會提高被腹痛侵襲的可能性就是了……

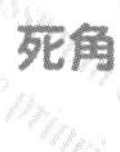

一名學生不管我這樣的擔心，使勁地喝著礦泉水。

「啊——真緊張……」

這麼嘟噥的學生回過頭，就跟我對上了眼神。是博士。

他好像想要聊天對象，而靠過來我這邊。

「原來綾小路同學也在這個位置呀。」

「綾、綾小路同學？原來也在這個位置……？」

我因為博士的話，而懷疑了自己的耳朵。

因為若是平常的博士，感覺就會說「綾小路殿下～原來你在這個位置是也～」。

「啊……呃，我已經不用那種語氣了。我原本就是為了突顯角色特色才那樣講話，但自從在打坐時被提醒之後，我就想說總之先戒掉好了。」

「這、這樣啊。」

面對不適合博士的普通說話方式，我藏不住心裡的動搖。

該說是個性一口氣消失了嗎？給人有種學生A的印象。

後來，博士也以普通說話方式聊了一下，但老實說我都沒聽進去。

只因為語氣就變得截然不同，我還真是搞不懂。

話說回來，啟誠順利交棒了嗎？

不管花了多少時間，重要的就只有他有無成功跑完。

不過，雖然這麼講不好聽，但就算大組變成最後一名，而且我們的小組又掉到門檻分數以下，損害也絕對不會算到我頭上就是了。

但真心話是沒出現退學的人還是再好不過。

究竟經過了幾十分鐘呢，終於有個學生現身了。

但那不是石崎，是神崎率領以B班為中心的小組。接下來也接連有學生抵達。石崎是和第三名勝負難分的第四名。

「呼、呼！接下吧，綾小路！給我拿下第一名！」

他這麼喊著，把接力棒遞給來給我。

雖然能否拿到上面名次要看高圓寺，但我還是默默接下跑了出去。

「你要是放水的話，我就宰了你！」

石崎交棒並用最後的力氣喊完，就當場倒下癱倒在地。跑了三公里以上的山路，當然會變成那樣。我決定以不打亂呼吸卻比周圍還要快的跑速，一點一點地拉近和前面的距離。

與其說我用高速進攻，倒不如說我表現得是對手體力下降才超前。

這麼做的話，就容易讓人產生是自己變慢才被超越的錯覺。

雖說有坡度起伏，但這距離只有兩公里左右，是不至於會喘的程度。

就這樣，結果我超前了一人，以和第二名只差一點的第三名把棒子傳給高圓寺。

九個人聯繫到這裡的接力棒——其命運，就交給眼前的男人了。

「那麼。我就來稍微流流汗吧。」

把頭髮往上撥並接下棒子的高圓寺，一臉若無其事地跑了起來。

他應該不是全力跑，不過這也夠快了。如果是這樣，大概就沒問題了吧。

前提是如果他沒在我看不見他之後開始用走的。

後來，雖然讓人捏了把冷汗，不過高圓寺奪下第二名，順利抵達了終點。至於他是無法追上第一名，還是沒去追上第一名，恐怕是後者吧。

劇烈跑步後的演講，對一年級來說或許會是最慘的地獄。

因為我們必須擠出耗盡的體力大聲演講。

但可說是沒什麼值得特別提及的部分。

儘管我對高圓寺有點演技感覺的演講方式抱持疑問，但感覺所有人都算是順利結束。

我們就這樣結束了耗時一天的漫長特別考試。

小組……不，全校大部分學生都充滿了疲勞感。

我們的小組應該算是毫無懸念地拿下比一開始組成時預想的還要高的分數吧。如果是比平均分數，我們的小組也非常有勝算。接下來，就要看南雲他們及三年級的小組可以拿到多少分數了。

至少結果應該不會變成未達標準。

全體男學生就和第一天一樣被集合到了體育館。

之後，女學生們也一個接著一個集合了起來。

因為接下來男女會一併舉行特別考試的結果發表吧。

時間已經是傍晚五點前。可以預想回到學校的時候就會是半夜了。

「在林間學校的八天期間，各位同學都辛苦了。雖然考試內容都會不一樣，不過這是好幾年才會舉辦一次的特別考試。比起上次舉行的特別考試，這次是整體評價很高的一年。主要原因大概完全是各位的團隊合作很優秀吧。」

這個初次見到的初老男人從頭到尾都掛著笑容，這麼報告。

看來他好像是掌管這所林間學校的人物。

「我要先談結果了，所有男同學的小組都超過了校方準備的及格標準，是零退學者的最佳總結。」

在男人如此揭曉的瞬間，聽見了的男生們都放下了心。

「這樣啊，沒人退學呀……」

啟誠鬆口氣般地撫胸，吐了一口氣。

石崎用不會太用力的力道拍了他的背。

「我一開始就不覺得會退學。因為我們是以第一名為目標呢。」

「是呀。」

不管他怎麼想，但成功避開退學都是很重要的部分。

只不過，這名初老男人的措辭，卻讓我心裡有點疙瘩。

如果全校都沒出現退學者，就不會把「男同學」分開來說了。

換句話說——

「那麼，接下來我要公布男生小組的綜合第一名，在此只會唸出三年級負責人的名字。日後校方會向隸屬該組的一至三年級學生發下點數當作報酬。」

這麼說明完，四十幾歲的男人就慢慢地把名字唸了出來。

「第一名是三年C班——二宮倉之助同學擔任負責人的小組。」

男人這麼告訴我們，隨後有些三年級生就揚起了歡呼。雖然我有瞬間不知道是哪一組，但馬

上就了解到那是堀北哥哥隸屬的大組。

看來和南雲之間的對決似乎是堀北哥哥制勝了。

「太好了呢，堀北。不愧是你。」

後來，從第二名到最後一名的小組都公布了出來，但從高年級生們來看，那不過是附贈的。他們完全沒放在心上，就像藤卷一樣稱讚了堀北哥哥。

「喂，幸村。聽說我們是第二名耶。太好了！」

「嗯，太好了。真的是太好了。」

分數差距因為沒公布出來所以不清楚，不過南雲是第二名。也就是說他輸得很可惜。即使是第二名，但這下南雲輸掉，多少都會安分下來——任何人都那麼想。

老實說，我也不知道誰會贏得這場比賽。

要說為何，那是因為我不怎麼感興趣。

然而，在一旁的南雲卻一直浮著笑容，看起來沒有動搖。

那麼大聲挑起比賽又輸掉的男人不該是那種模樣。

這也理所當然吧。因為這男人正在背後進行著不得了的「壞事」。

「你拿到第一名了。恭喜你，堀北學長。不愧是你呀。」

南雲為了讓堀北哥哥聽到，而拉起嗓門道賀。

堀北哥哥沒有特別回答或忘乎所以，只是靜靜等著公布結果的時間經過。

不，或是說不定他開始感覺到了不好的預感。

「是你輸了呢，南雲。」

三年級的藤卷什麼都不知情，對南雲這麼說。

挫到了自以為是的學弟的銳氣——他應該有這種心情吧。

「是這樣嗎？不是才剛開始公布結果嗎？」

「隨便你講。勝負已經分曉了。」

「是呀。『男生』部分確實已經分曉了。」

「男生？這和女生無關。應該是那樣的規則吧，南雲。」

「嗯，是無關喔。與我和堀北學長之間的勝負完全無關呢。」

面對南雲不可理解的用字遣詞，藤卷的表情變得很嚴肅。

三年B班的石倉在旁聽著這些話，靜靜地守望著這個情況。

「那麼接下來……我想公布女生小組的結果。第一名是三年C班綾瀨夏同學隸屬的小組。」

這次是部分女生開始發出歡呼。進入三年級綾瀨的大組的一年級學生，是以堀北和櫛田這些C班學生為主的小組。說不定賺到了不少點數。但喜悅也只是曇花一現，問題時刻來臨了。

「呃——……實在很遺憾，但女生的小組中有一組拿下了未達及格門檻的平均分數。」

大部分男女都因為這項宣布而僵住。高興著的學生們也完全靜了下來。

任何人都盡全力挑戰了特別考試，一路為了避免未達標準而做了努力。

然而，結果有時候很殘酷。

某人的退學已經決定下來。

不過，現在還不知道那會是一年級還是高年級，或是所有年級。

堀北的哥哥像是發現了什麼而看著南雲。

彷彿在刺探那張始終浮現著的笑容的意義。

不過，也為時已晚了。

「首先關於最後一名的小組……是三年B班，豬狩桃子同學隸屬的小組。」

男生一樣無法立刻了解誰隸屬那一組。但聽見一些女生近似慘叫的聲音，我們就開始一點一點了解是誰隸屬那組了。

大組的最後一名已經定下來了。剩下就是哪一個小組低於門檻了。

最多是三個年級可能同時出現退學者。

「接著，低於平均分數門檻的小組……」

體育館寂靜到不是坐禪時所能比擬。

即使是零點一秒，任何人都想快點知道結果，注視著男人的嘴邊。

「同樣是三年級生——」

男人這麼唸了下去。

場面被表情逐漸轉為笑容的人們、漸漸緊張起來的人們分成了兩半。

「負責人——是豬狩桃子同學的小組。以上。」

被這麼宣言的瞬間，南雲就像是至今都在忍耐一般開心地笑了出來。

剛才彷彿慢動作的時間，又恢復到了原本的運轉。

不過，還有許多學生無法領會事態。

南雲笑的不是因為那個我完全不認識的學生將勒令退學。

因為這件事……不會只有一名三年B班的學生被退學就了事。

「你做了什麼，南雲！」

三年A班的藤卷理解事態，而逼問似的靠了過來。

堀北的哥哥沒有跑過來，但露出了很嚴肅的表情。

「現在正在宣布結果喔，學長。請冷靜下來嘛。現階段不是和藤卷學長沒有任何關係嗎？畢竟只有B班學生會退學。倒不如說，和競爭對手產生差距不是很好嗎？」

他嗤之以鼻地回答。

「呃——請部分學生肅靜。實在遺憾，但豬狩同學要負起小組責任，退學已經決定了。另外，因為也可以命令組內的連帶責任，所以待會兒請來我這邊。緊接著，我要公布第二名的女生小組。」

儘管說著遺憾，但結果的宣布還是嚴肅地進行了下去。

可是，堀北的哥哥拿下第一名的這件事，應該已經變得無所謂了。

他註定會中計。

就是因為他很優秀、是個模範生，所以才會中了南雲雅的招數。這是領域外的攻擊。

「綾小路，藤卷學長怎麼那麼生氣啊……？就跟南雲學長說的一樣，負責人是B班學生。這是件助長A班的事吧？」

覺得疑惑的啟誠來輕聲問我。

「不，我想問題不在負責人，而是在於抓人陪葬。」

「咦？」

在我們被命令解散，返校的巴士備好之前的期間，學校給我們預備了整裝的自由時間。南雲光明正大地留在現場，叫來了一個女生。

「豬狩學姊，告訴我嘛。大家都很好奇妳究竟要抓誰陪葬喔。」

被勒令退學、名叫豬狩的三年B班女生表現得很沉著。

倒不如說，同組裡的女生看起來還比較擔心。豬狩的小組主要是B班和D班構成。因為是來自朝比奈和惠的消息，所以應該不會有錯。

其中……也有A班唯一的參加者——橘茜的身影。

我看著堀北的哥哥。然後，在心裡慢慢地這樣告訴他——

我了解。你為了在A班畢業，以及為了應對南雲，確實地下達指示不讓任何A班男女學生當上負責人，對吧？因為只要可以留下穩定的成績，就不會退學了。

然而，你也知道即使如此，那也不會變成絕對的防禦。所以你才會接受南雲的比賽，準備了堂堂正正戰鬥的舞台。為了防止「惡意」。然後，避免了與女生之間貿然的接觸。為了減少南雲趁虛盯上女生的風險。

你穩妥地盡了一切可能的手段，那點我就認可你吧。

即使如此，南雲的惡意仍在此之上。

這應該也已經不用多說了吧。

這場特別考試，南雲設計了連校方都沒發現的陷阱——

中了陷阱的人物，現在正領悟到自己的狀況。

對方的表情，蒼白得就像是隨時都會倒下。

「這還用說嗎？打亂我們小組平穩的就是A班的橘茜同學喲。」

豬狩像是要所有人聽見似的語帶憤怒地說道。

「南雲……你和堀北的約定應該是不捲入旁人吧！」

藤卷以要打上去的氣勢逼問他。

「請等一下。那可跟我沒關係。」

「裝蒜！」

會生氣也是理所當然。他自己也散發出任何人看都會認為他有涉入其中，這種心知肚明的氛圍。

「那麼，我去通知一下陪葬的事。」

豬狩淡然地告知後，就前往了教師身邊。同時，同班同學石倉也貼上豬狩似的走了過去。任何人都沒辦法對這點做出要求。橘本人也是。

「橘學姊扯了豬狩學姊小組的後腿。結果未達平均分數的門檻而被抓去陪葬了。就只是那樣吧？」

堀北的哥哥和藤卷不一樣，他在逼問南雲前，去和站著不動的橘搭話。

三年級部分學生掛著難以言喻的表情離開。

「堀北同學，對不起……！」

「橘，妳怎麼沒有更早來找我商量。如果是妳，應該有發現異常變化才對。」

「那是……因為我知道會變成堀北同學的負擔……」

橘流著眼淚，這麼道歉。

她恐怕一開始沒有發現吧。發現自己在決定小組的階段就被算計。但她一定隨著時間經過而切實感受到了。

感受到自己隸屬的是為了拉下「橘茜」所組成的小組。

橘應該是祈禱著會有奇蹟出現在挑戰考試。

不過，現實就如預想那般殘酷。

可是橘應該也做了接受這一切的覺悟。

心想就算自己退學，也只要失去班級點數一百點就會解決。

「真是美麗的友情，或說是愛情呢？恭喜你，堀北學長。請讓我再次送上讚美。是我輸了呢。」

南雲以讓人不覺得是輸家在說話的語氣送上讚美。

應該沒有任何人會感激地接受那番話吧。

「我就先說這實在是很異想天開——不，是很超出規格的戰略吧。沒有任何人可以看出我的招數。堀北學長，是包含你在內的任何人呢。」

南雲開懷大笑，對於受了傷的對手仍不緩下攻擊。

「告訴我嘛，橘學姊。擔任完學生會幹部、快要以三年A班畢業之時，接著就得被退學，這是怎樣的心情呢？然後堀北學長，你現在的心情怎樣？一定是充滿著至今不曾感受過的焦躁吧？」

堀北哥哥被這樣說，就靜靜地吐了口氣。

「你為什麼沒有盯上我？」

「應該是因為就算我想對學長使出這次的這種手段，我也不認為能讓你退學吧。你好像會以讓人意想不到的手段防禦，讓我很害怕。雖這麼說，我也並不想讓堀北學長退學。倒不如說，要是你不小心被退學，我不就不能與你交鋒了嗎？於是，被選上的就是橘學姊了。我很想看看消除

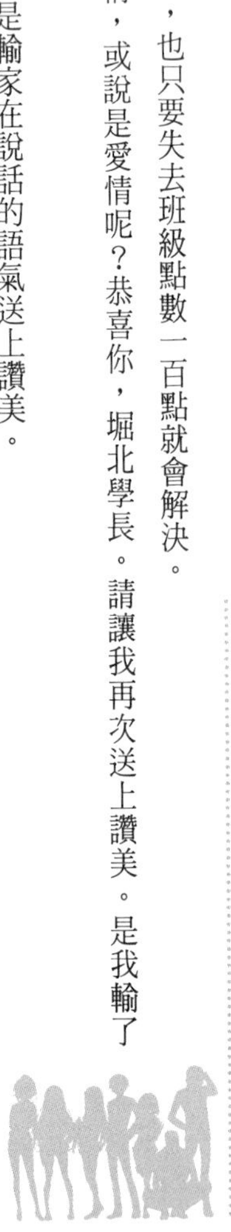

她這存在的時候，你會露出什麼表情呢。」

他就像是在說這只是出於單純的好奇心、興趣似的笑著。

「雖然方針不一樣，但我原本很信任你。我以為你是在比賽上會正面挑戰的男人。看來是我錯了呢。」

面對堀北這樣講，南雲也絲毫不慚愧。

「所謂的信任就像是經驗值一樣的東西。會一直累積下去，逐漸加深。我認為究極形式就是家人了呢。晚上在路上遇見別人明明都會很警戒，但若對象是家人的話，就會完全大意下來了。就是類似那樣的東西吧。雖然我覺得自己這兩年得不到堀北學長的喜愛，但也獲得了一定的信賴。因為就算價值觀不同，我向來也都是言出必行。在和你之間的關係上，我一直都會遵從指示、遵守約定。話雖如此，學長也很敏銳。你應該不是百分之百相信我吧。」

堀北的哥哥做出指示防守並蒐集消息的這點事，他應該知道才對。

「可是……就算對我抱持懷疑，學長也沒辦法先背叛我。」

這就是專門在防守的辛苦之處。

「你只為了一次的好奇心，就損失了莫大之物喔，南雲。」

「信賴這種東西是要自己捨棄的喔。我也是為了讓替學弟妹著想的學長了解呢。」

自己會遵守約定，對方也會遵守約定。南雲三兩下就改寫了這種基礎。

他想要拆除信任或尊敬這種隔閡來比賽。

南雲投來了這種戰帖。

「我充分了解到你的做法了。」

「那就太好了。因為這只不過是前哨站呢。」

說完，南雲就問道：

「如果有必要，要我弄出好幾個人退學也可以。那本來就是這所學校的做法。」

「你好像是以橘會退學為前提來推進話題呢。」

在周圍都很慌張的狀況下，只有堀北的哥哥冷靜地交談。

「慢、慢著，堀北同學！」

橘喊道。但堀北哥哥的眼神裡有著強烈的決心。

「哦──我本來以為會是一半一半，想不到你要拿出來呀？在這時間點拿出大量的錢和班級點數。」

取消退學處分。這是只要條件滿足，任何人都能使用的究極手段。

「我求你別這麼做。我沒用是我自己的責任，所以……所以──」

橘拚命地打算阻止。

可是，藤卷好像也對堀北哥哥表示同意，並且對A班學生說：

「至今A班之所以能夠作為A班運作的理由，班上的各位比任何人都還了解。沒錯吧？」

「沒錯，堀北。你不用客氣，用吧用吧。」

同樣是A班的同學們這麼斷言。

「真的可以嗎，堀北學長？在三年級的這時間點『救助』退學者，就會變成是在準備騰出A班之座。」

「假如讓出一次，也只要再次奪回就好。透過你所說的學校做法。」

「這樣呀。不過，那樣也不錯吧。」

接下來，南雲恐怕會愉快地說出自己定下的戰略吧。

對於不用聽就知道的事情，我沒必要一一去聽。

我離開那地方，保持了一段距離。

因為就算待在這地方，也已經沒有任何事情可以做。堀北鈴音的身影也在其中，她從頭到尾都不安地觀察著情況。她凝視著哥哥，甚至沒察覺我的存在。

我毫不介意地走出體育館，惠就像是在等著我一樣站在出入口的旁邊。

我開始走在走廊上，她慢了點也邁步而出。

「事情變得就像是清隆說的那樣耶。你還真的知道呀，知道橘學姊被盯上。雖然如果要讓人退學，除了堀北學長以外的任何人感覺都可以……」

「在聽見這場特別考試規則的製作、構成與學生會有關的時候，我就覺得有可能了。確實要盯上的話，誰都無所謂。不過，這是難得的大規模陷阱。如果要展現出更有效果的演出，對象就很有限了。因為和那傢伙有密切交集的女學生也就只有橘而已了呢。」

這是連結惠、一之瀨、朝比奈的資訊才導出的結論。

南雲和三年B班石倉之間的絕妙默契，也明顯暗示著兩個人的聯繫。南雲不只是全體二年級，甚至還攏絡了三年A班以外的學生。

「大組所有人串通考很低的分數，而且橘隸屬的小組組員應該也放了相當多的水。這麼一來，要低於門檻就很簡單了呢。」

我雖然這樣說明，但惠好像有無法接受的地方。

「但為什麼要利用B班？讓D班之類的學生當負責人不就行了。因為設成B班，到頭來堀北學長他們不是會維持在A班嗎？如果要讓他們降到B班，就應該那麼做吧？」

惠的著眼點很好。確實如她所說。既然決意要執行這項作戰，就最好是把負責人設成D班學生，讓A班與B班的距離縮短會比較好。通常會這麼想。

「也就是說，就是因為他們是B班，所以才可行。要是橘沒出任何差錯就結束特別考試的課

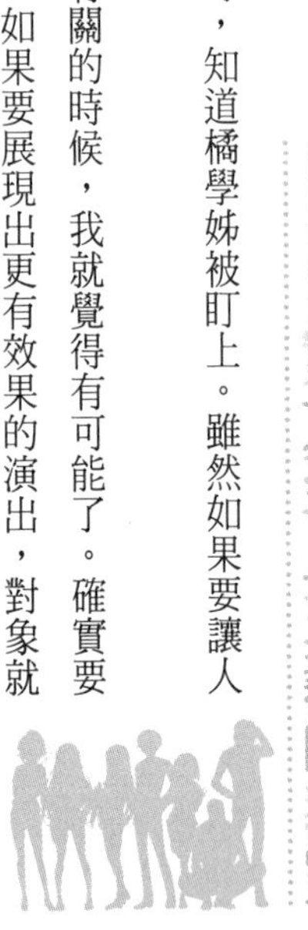

題，要抓她陪葬就會很不容易。如果A班以外的三個班級沒有確實合作，就無法陷害她。如果是現狀升上A班的可能性最低的D班，為了盡量爬上上面的班級，也有可能在最後關頭抓C班或B班的學生陪葬。不過，若是B班學生變成負責人，那就絕對不可能。因為這個時期抓下段班的人陪葬是沒有意義的。」

另一方面，從D班或C班來看，A班和B班的學生受到退學處分會自己倒下，所以他們應該也會很樂意協助吧。

就這樣，豬狩的小組就同舟共濟地把橘徹底當作壞人。要是有什麼事情，她們應該就會露骨地做出帶有惡意的騷擾吧。橘在半夜喧譁讓人沒辦法睡、因為橘不遵從指示結果成績不佳——就算只看特別考試的成績感覺上很平凡，但要是組員可以證實她這一週不斷地扯後腿，就足以把她當作陪葬對象了吧。

申訴的話大概就會受到審議，但假如小組所有人都串通說在看不見的地方被妨礙，那她也不得不承認了。當然，這應該會留下來作為不好的往例，並在幾年後舉辦的林間學校特別考試上修正規則才對。

就這樣，南雲費心思的作戰有了成果，成功讓橘被處以退學處置。

「……但感覺真虧他可以辦到那種作戰。如果我是B班學生，絕對沒辦法忍受自己為了伙伴退學就是了。他們會有什麼回報啊？」

「我不知道回報會是什麼，但至少豬狩不會退學。」

「咦？可是，她是負責人吧？」

「堀北的哥哥也暗示他會行使了吧。只要支付兩千萬點以及班級點數三百點，就可以取消退學。總之，就是可以進行救助。B班會行使那個辦法的。」

「總覺得這樣好像會搞不清楚有沒有賺耶。不如說算是種損失？」

「雖然班級點數的支出很傷，但如果A班也同樣會救助同學的話，就不會有差距產生。對照之下，也完全不會有個人點數的損害吧。」

「也就是說，三年B班就是那麼有錢的意思嗎？」

「不。南雲既然要提議這項戰略，成為絕對條件的就會是代替他們支付所有個人點數。如果不做到那點事情，他們根本不可能合作。」

南雲恐怕在巴士中就接觸了石倉，預先把兩千萬點存了過去才對。豬狩一直都很冷靜，石倉和那個豬狩一起行動就是這件事情的證據。

「二年級堅若磐石。只要全體二年級籌錢，一個人也不用花到十五萬點。拯救一名退學者應該算是很便宜的消費吧。」

「真是有夠亂來的戰鬥方式。這絕對不尋常。」

「那應該就是南雲雅的做法吧。」

他不是看見考試才想到戰略，是想到戰略才製作考試。

堀北哥哥率領的A班落得要一個班級付出總額高達兩千萬點個人點數的下場。應該可以說是極大的損傷吧。

在畢業前大概還剩一兩場的特別考試之前失去龐大資金。

如果堀北哥哥在下一場考試上被退學，自己的資金恐怕就會不夠用了。救助辦法就會告吹。

「我們最好該分開了。」

「還有一件事，就再告訴我一件事吧。」

惠好像還有事情覺得好奇，而不肯罷休。

「雖然南雲學長想到的那個逼橘學姊退學的手段，感覺沒有辦法可以阻止。該說那是個完美的陷阱嗎？清隆沒有採取行動，也就代表著是那樣吧？」

「這毫無疑問是相當強力的一招呢。在順利把敵人送進去的時間點幾乎就算是死局了。」

真是讓我見識到了個人點數將化作強力武器的好先例。

「如果我變成和橘學姊相同的狀況呢……？如果是連救助都沒辦法的狀況呢？到時果然還是會無計可施嗎？」

惠小聲地問了那種事。

「就算不問答案，妳也知道吧。我不會讓妳被退學。不論要使出什麼手段。」

後來，堀北學支付了A班擁有的班級點數與個人點數，做了救助「橘茜」的這個選擇。就如預想中的一樣，B班的石倉也救助了豬狩。發生了兩班同時行使「救助」權利這前所未有的事態。

從現在開始所有年級都將會被捲進去，高度育成高中將會不斷地出現退學者。

後記

我是心裡抱著「下次一定會——」的這種心情在做上市預告，卻老是不小心遲到的衣笠。

我自己都覺得至今沒按照宣言執行實在很異常。

想著應該差不多可以出版、應該差不多可以出版，但每次還是會不小心把預告延期。真是過分，對吧！

我要清楚地說出自己不會在後記上做出宣言了。自從弄傷手指到現在已經七到八個星期了嗎？還是更久呢……雖然經過了這些時間，但距離完全康復也還是很久……我一邊自我管理，想著不知能否設法維持至今那樣隔四個月出一本書，一邊以現在進行式做著治療。

話說回來，等察覺時就已經是五月了。真是時光飛逝呢。從《歡迎來到實力至上主義的教室》發售以來就要經過整整三年了，時間過得真快。也因為當初第一集的時候我沒想過可以持續販售、執筆到現在這麼久，所以我也非常喜悅，然而最近不只是手指，我也切實感受到身體的整體狀況都開始變差。我真的會多加注意。

雖然只有一點點，讓我提一提這次第八集的內容吧。

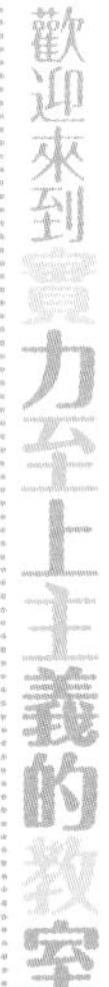

《歡實》第八集是高年級生們開始接連登場的故事。

類型廣泛地登場了像是沒什麼用處的高年級生、形跡可疑的高年級生，到感覺很值得依賴的高年級生。如果這集也能讓各位盡興，那就太好了。關於接下來的第九集，那個，總之，九九、九月、九月會出……咕、咕呃呃，不，我已經決定不宣言了！停下！

蠢蛋氣氛就先到這邊……我個人有個一直很想要的東西。

該說是願望還是什麼呢？我很想要一台按摩椅，非常想要。但總之就是很昂貴。再說會占空間，家裡沒有空間可以擺。我一直煩惱了好幾年，到頭來還是無法下決定。可以買下的日子究竟會不會到來呢？

唉，因為種種原因，我感覺不論過了多久都不會買下，只會在心中描繪而已。

但如果有人知道有什麼很棒的按摩椅，還請告訴我。